PREMIÈRES AMOURS
& grandes questions

Manon & Vincent

PREMIÈRES AMOURS
& grandes questions

TOUS LES SECRETS POUR VIVRE
PLEINEMENT SA RELATION !

Hugo Image

SOMMAIRE

INTRODUCTION

Hello ! Si tu as ouvert ce livre, c'est sûrement que tu nous suis sur les réseaux... mais pas seulement ! Tu as vu le titre : *Premières amours et grandes questions*, et ça t'a parlé. Peut-être que tu as un crush et que tu ne sais pas comment l'aborder, peut-être que ça fait quelques années que tu es avec ton ou ta partenaire et que tu n'arrives pas encore à gérer le quotidien... Alors ce livre est fait pour toi !

On est ensemble depuis le lycée et on nous demande souvent les petits secrets de notre couple : comment on fait pour toujours bien s'entendre, pour vivre ensemble, pour entretenir la flamme...

On a bien réfléchi, on a rassemblé tous nos souvenirs et nos meilleurs conseils pour te concocter un livre d'astuces spécial Premières Amours. Attention, notre but n'est pas de dire qu'on forme un couple parfait, mais plutôt de te montrer comment on peut vivre pleinement sa relation, avec les hauts comme les bas, à travers plusieurs chapitres.

- Tu veux aborder ton crush, mais c'est panique à bord ? Le chapitre 1 est pour toi !
- Tu veux réussir tes premières fois (rendez-vous, bisou, présentation aux parents, relation sexuelle, etc.) ? Le chapitre 2 t'attend !
- Enfin en couple et tu veux que ça dure ? Viens lire le chapitre 3 !
- Marre des disputes, tu veux retrouver votre complicité ? Le chapitre 4 va te parler !
- Comment faire pour éviter que les grands projets (études, travail, loisirs) vous éloignent ? Le chapitre 5 y répond !

À la fin de chaque chapitre, tu as une section spécialement créée pour que tu puisses t'exprimer sur les sujets qu'on aborde dans le livre. On a même sélectionné certaines questions qu'on nous a envoyées sur les réseaux pour le Courrier du cœur, afin de répondre plus précisément à certaines interrogations.

Toutes les étapes du couple, du début des papillons dans le ventre jusqu'à la gestion du quotidien, seront abordées, pour que tu puisses vivre une relation saine et épanouie sans être perdue.

On aurait bien aimé avoir ce genre d'astuces quand on s'est mis ensemble, on espère que ça te sera utile !

BONNE LECTURE

Manon & Vincent

On a décidé de s'adresser à une lectrice plutôt qu'à un lecteur tout au long du livre, du coup tu vas trouver majoritairement du féminin. Attention ! Ça ne veut pas dire que les conseils qu'on donne ne s'adressent qu'à des filles, tout ce qu'on dit est valable pour tout le monde ; si tu es un garçon, tu es évidemment concerné. C'est juste que c'est ce qui nous a paru être le plus judicieux, vu qu'une majorité de nos abonnés sont… des abonnées !

RAPPROCHEMENTS & PAPILLONS

À force de voir cette personne, tu l'as dans la peau. Il ou elle t'obsède complètement ! Tu t'imagines peut-être l'embrasser, partir en week-end avec lui ou elle, à quoi ressemblerait votre mariage ? C'est normal, ce sont les papillons, les premiers feux d'artifice. Mais ne te précipite pas ! Avant de foncer sur ton crush, voici quelques conseils.

LA CONFIANCE EN SOI

D'abord, comme on le dit, avant d'aimer quelqu'un, il faut s'aimer soi-même. Ça ne veut pas dire qu'il faut que tu te voues un culte, mais que tu dois savoir ce que tu veux, ne veux pas dans une relation.

Par exemple, demande-toi pourquoi tu crushes sur cette personne en particulier ? Qu'est-ce qui t'attire chez elle ? Est-ce qu'elle pourrait être bien pour toi, t'aider à devenir une meilleure personne ? Alors, c'est clair, il faut qu'elle te plaise physiquement, mais pas que ! Le caractère de la personne prend une grande place dans la décision finale...

Parce que le premier conseil, c'est de s'aimer soi-même pour aimer quelqu'un d'autre !

Surtout, n'attends pas que les autres t'apportent confiance en toi, amour de toi et réconfort. Tu dois construire ça seule. Pas de panique ! Ça prend du temps, on a tous des soucis de confiance en soi, des complexes, , tout l'enjeu c'est de les accepter car ils te rendent uniques et font ton charme.

Le premier conseil, c'est de s'aimer soi-même pour aimer quelqu'un d'autre !

Moi, Manon, j'ai mis du temps à prendre confiance en moi, surtout au collège. Comme tout le monde à ce moment, j'essayais d'être dans toutes les tendances : musicales, vestimentaires, accessoires… Je me mettais une telle pression pour être « à la hauteur ».

Un de mes complexes, c'étaient mes cheveux bouclés que je n'acceptais pas. Je les ai lissés de la 4e à la 1re. Au pire, je les laissais attachés en chignon très serré toute la journée pour dissimuler mes boucles. Parce qu'à cette époque, je trouvais que les boucles, c'était honteux. La mode, c'était d'avoir les cheveux lisses. Toutes mes copines qui avaient aussi des cheveux bouclés faisaient comme moi, on tentait toutes de rentrer dans le moule.

Bien sûr, aujourd'hui, avec les réseaux sociaux, c'est tellement facile de se comparer. Lui a un corps hyper fit, un si beau sourire, elle a des jambes si longues, une taille si fine, mais rappelle-toi que Instagram, TikTok, ce n'est pas la réalité. C'est facile à dire, mais vrai : **LES CORPS SUR LES RÉSEAUX SONT « IDÉALISÉS ».** Ne t'identifie pas à ce que tu vois en ligne où tout peut être si facilement modifié : et hop un filtre et hop des retouches.

Grâce à ma meilleure amie, j'ai appris à m'accepter, à accepter mes cheveux tels qu'ils sont. Elle a été la première à trouver le courage d'arrêter le lisseur, à assumer ses boucles. Alors, peu à peu, j'ai compris que je devais moi aussi trouver ce courage de m'accepter comme j'étais. Me changer pour rentrer dans un moule, ce n'était pas sain. Si, dans ton entourage, tu as des gens toxiques qui te rabaissent, ne te mettent pas en confiance, se moquent de toi, éloigne-toi de ces personnes-là. Elles ne te veulent pas de bien et sapent ta confiance en toi.

Que ce soit pour les cheveux ou pour un autre complexe, tu peux essayer de t'accepter petit à petit. Par exemple, si tu veux arrêter le lisseur, commence un jour quand tu vas au cinéma, ou un jour où tu te sens particulièrement en confiance. Tu verras qu'en réalité, tes peurs, tes doutes ne sont sûrement pas justifiés. Plus important, si toi, tu t'aimes les cheveux au naturel, alors peu importe le jugement des autres. Ça prend du temps, ça demande beaucoup de travail, mais ensuite, c'est une libération !

La beauté vient aussi de la confiance en soi. Sois naturelle, les autres le sentiront de toute façon si tu joues un rôle et tu finiras toujours

LA BEAUTÉ VIENT AUSSI DE LA CONFIANCE EN SOI.

par te demander s'ils t'aiment vraiment pour toi, ou pour cette autre personne « idéale » que tu essayes d'être. Tu t'en rendras vite compte mais personne n'est parfait !

Regarde, pour moi, depuis, impossible de me lisser les cheveux (sauf occasions exceptionnelles) : j'ai appris à aimer mes boucles, à rester au naturel. Aujourd'hui, je m'assume, je suis heureuse et j'ai confiance en moi. Du coup, le regard des autres n'a plus aucune importance. Je fais ce que je veux, porte ce dont j'ai envie... et laisse enfin mes boucles en paix !

Pour retrouver cette confiance, peut-être que tu dois apprendre aussi à te connaître. Eh ouais, c'est peut-être bizarre dit comme ça, mais reste seule avec toi-même. Apprécie ta propre compagnie. Trouve-toi un hobby qui te détende, te fasse du bien. Si tu as du temps libre, de temps en temps, au lieu de le passer avec tes potes, reste toute seule. Au début, si tu n'as pas l'habitude, ça peut être un peu intimidant. Et puis, au fur et à mesure, tu verras que ce sont des moments qui t'appartiennent, où tu peux faire ce que tu veux, ce qui te plaît vraiment, prendre enfin du temps pour faire toutes ces choses que tu repousses. C'est peut-être le moment de te plonger dans ces passions que tu t'étais juré de reprendre lors des résolutions du Nouvel An ? De te remettre à la lecture ? De te balader seule même dans ta ville, avec juste de la musique ?

SAVOIR ÊTRE SEULE, C'EST SAVOIR QU'ON PEUT SE DÉBROUILLER, QU'ON N'A PAS BESOIN DES AUTRES POUR VIVRE. Et ne dépendre de personne que de soi-même, c'est essentiel avant de se lancer dans une relation ! Pour avoir une relation saine avec quelqu'un, tu ne dois pas dépendre de lui/elle, ou alors, rapidement, votre relation risque de se compliquer.

Bien sûr, quand on est au lycée, à la fac, on apprend encore à se connaître, on fait encore confiance à des gens à qui on ne devrait pas, on commet des erreurs, et surtout, le regard des autres est hyper lourd à porter. Mais regarde autour de toi et tu verras que les gens qui s'assument, qui portent les fringues qu'ils veulent, juste parce que ça leur fait plaisir, sont naturellement plus attirants : eh ouais, c'est cette confiance en eux qui est en fait si séduisante.

Alors, est-ce que tu penses que tu es ta meilleure alliée ? Est-ce que tu apprends à t'aimer un peu plus tous les jours ? Est-ce que tu te respectes assez pour t'épargner des relations nocives pour toi ? Dans ce cas, bravo ! Tu es prête à passer à l'étape suivante : comment se rapprocher de son crush et attirer son attention ?

RAPPROCHEMENT EN VUE

Tu l'as repéré, il ou elle est dans ta classe, c'est le ou la BFF de ton cousin, bref, il est là : ton crush ! Déjà première chose : fais un arrêt sur image et analyse un peu la situation.

- *Pourquoi il ou elle me plaît ?*
- *Qu'est-ce que je lui trouve de spécial ?*
- *Est-ce que c'est uniquement physique ?*
- *Est-ce qu'on a des choses en commun ?*
- *Est-ce que chacun peut s'apporter du positif ou ça se sent que tu vas donner bien plus que tu ne recevras jamais ?*

Essaye de compléter ces réponses avec tes mots et de voir ce qui en découle. Car c'est en comprenant d'où vient cette attirance que tu peux aussi décider si cette personne te correspond vraiment, si c'est pour les bonnes raisons qu'elle a attiré ton attention.

Ton crush est parfait ? LET'S GO !

Ah oui, tu es timide... Ou trop directe... Ou trop « la bonne copine »... Comment ton crush peut-il réaliser que **1. TU EXISTES** et que **2. TU SERAIS LE MATCH PARFAIT ?**

LET'S GO !

SI TU ES TIMIDE

pas de panique, cette personne a aussi des défauts et tu as aussi des qualités. Arrête de te dévaloriser et mets ce que tu sais faire de mieux en avant. Essaye d'en parler avec elle ou lui : sur un sujet que tu maîtrises, ça sera facile d'avoir de la conversation et donc de créer une connexion sans malaise.

SI TU ES TROP DIRECTE

tel un cheval sauvage courant après son destin ? (merci *Dirty Dancing*), ton approche peut sembler un peu violente. Pour éviter de laisser ce côté de toi prendre le pas, essaye de préparer un peu le terrain : joue la scène avec une amie et vas-y à fond, puis une deuxième fois mais un niveau en dessous et au fur et à mesure, trouve une approche qui te correspond mais sans le côté « en force ». Ne t'en fais pas, tu auras tout le temps de le lui montrer par la suite, l'objectif est simplement ici que ton crush ait avec toi une conversation qui lui donne envie d'en savoir plus…

SI TU ES LA « BONNE COPINE »

tu aimes rigoler, tu es la bonne pote de service mais pas forcément la personne qu'on emmène en date ? Prends confiance en toi, car le rire comme mécanisme de défense, on connaît… Alors utilise-le cette fois comme « arme » de séduction et prends les devants ! Fais-lui comprendre avec humour que si tu devais ne plus être célibataire, tu serais avec quelqu'un comme elle ou lui, qu'est-ce qu'il ou elle en penserait ? Trouve ta punchline et observe sa réaction, tu navigueras en fonction et sans t'en rendre compte, tu seras en phase de séduction. Pas si difficile, non ?

YES or NO?

Bon je pense que c'est le moment de vous raconter nos débuts avec Vincent. En première, on était dans la même classe d'anglais, et on a fait un voyage en Irlande. On s'était bien entendus, son caractère me plaisait. Au bout de quelques mois, je n'avais toujours pas fait le premier pas et j'avais compris que de son côté, le but n'était pas de se mettre en couple tout de suite. Bref, en terminale, le destin a fait qu'on s'est retrouvés dans la même classe, et même à côté en maths ! J'ai même délaissé une copine pour me mettre à côté de Vincent (pas de quartier haha).

De son côté, il commençait finalement à bien m'aimer, d'ailleurs il le cachait bien car pour moi, ça ne se voyait pas du tout ! On avait à peu près le même groupe d'amis donc on passait beaucoup de temps ensemble.

Le 11 novembre 2017, un ami commun a fait une soirée, et là… tu peux t'imaginer la suite ! Pour tout te dire, j'étais la plus heureuse du monde, mais surtout la plus stressée ! Mon premier bisou, mon premier copain, et je n'étais pas prête à ce qu'il fasse le premier pas ce soir-là… Mais au final, cinq ans après je pense qu'on peut dire qu'on s'est bien trouvés et que le destin a bien fait les choses…

Tout ça pour te dire que parfois, la timidité n'est pas une mauvaise chose, au contraire ; prends ton temps, reste toi-même, mais si tu penses que c'est le bon, soit tu as de la patience comme moi et il finira par te voir, soit tu oses en ne perdant pas de temps. C'est toi qui décides selon ton ressenti !

ÇA Y EST, TU TE SENS PRÊTE POUR L'ABORDAGE ?

ON EST AVEC TOI, T'EN FAIS PAS !

LES MOYENS DE L'ABORDER

C'est tout à fait normal d'être gêné au début d'une relation !

Ne te mets pas trop la pression ! La première impression, c'est important, mais ce n'est pas définitif. Bon, il y a quand même quelques trucs qui peuvent t'aider à passer ce moment délicat sans encombre.

Avant d'aller lui parler, essaye de te renseigner sur lui – sans aller jusqu'à le stalker comme Joe Goldberg de *You*, bien sûr. Quelles sont ses passions, ses hobbys, ses séries préférées… Ça sera plus facile d'entamer la conversation naturellement, surtout si tu repères des points communs entre vous. C'est ce qu'il s'est passé avec Vincent et moi : on s'est vite rendu compte qu'on avait les mêmes centres d'intérêt, les mêmes passions, et petit à petit, la gêne a disparu – car oui, c'est tout à fait normal d'être gêné au début d'une relation ! Apprendre à se connaître, c'est accepter de se dévoiler et ce n'est pas toujours un exercice simple.

Un autre élément important, c'est le moment choisi pour aller l'aborder. C'est à toi de voir ce que tu préfères : en soirée, entourée de plein de gens *safe*, en tête-à-tête dans un endroit calme… Sois attentive aussi aux signaux que t'envoie ton crush quand tu entames la discussion : peut-être qu'il ou elle ne se sent pas à l'aise, n'est pas dans le bon mood – ce n'est alors probablement pas le bon jour pour te lancer.

Si tu viens de lire le paragraphe précédent les yeux pleins d'horreur, le téléphone à la main, en te disant « QUOI ? Aborder mon crush en chair et en os ? Ça ne va pas la tête ? », on te comprend. Avoir un écran entre soi et l'autre personne, ça rassure, c'est moins direct, et ça peut être aussi naturel qu'en « vrai ». Mais ce qui est valable pour la discussion IRL l'est tout autant pour le contact via SMS ou Snapchat : **IL FAUT BIEN CHOISIR SON MOMENT.**

LA PREMIÈRE IMPRESSION, C'EST IMPORTANT, MAIS ÇE N'EST PAS DÉFINITIF.

Sois aussi naturelle que possible, n'essaie pas d'en faire trop... Après tout, si ton crush craque, il vaudrait mieux que ce soit pour toi, pas pour un personnage inventé pour l'occasion ! N'hésite pas à choisir une approche qui te convient : plutôt le flirt, l'humour, les discussions profondes... Mais le plus important, c'est de respecter l'autre et ses limites.

Il faut laisser le temps faire son œuvre ! Comme je te l'ai dit, il s'est passé quelques mois avant qu'on se mette en couple avec Vincent. D'ailleurs, ça me fait toujours bizarre de me dire qu'on avait chacun nos vies de notre côté, nos activités, et qu'on ne connaissait encore rien de l'autre. Même si on a eu de la chance, parce que ça s'est bien passé tout de suite, on peut te donner un conseil essentiel : il ne faut pas essayer d'accélérer les choses et laisser une part au destin. Avant qu'on soit ensemble, cela faisait quelques mois que j'avais repéré Vincent mais je n'ai rien forcé, j'ai laissé la rentrée de septembre arriver... et là on a pu apprendre à se connaître tranquillement, à apprécier le caractère de l'autre.

TU AS RÉUSSI À ALLER ABORDER TON CRUSH. SUPER. MAINTENANT IL FAUT ESSAYER D'ÉCOUTER SON INSTINCT – on sait, c'est dur avec tous ces papillons dans ton estomac. Est-ce que ça match entre vous ? Nous, on l'a senti tout de suite, mais ça ne se passe pas automatiquement comme ça. Si tu te rends compte que tu t'es fait des films, que vous n'avez pas grand-chose à vous dire... Ce n'est pas grave ! Tu trouveras le bonheur ailleurs, et tu as bien fait de l'aborder. Avoir un crush c'est bien, trouver le bon c'est encore mieux ! Le feeling doit passer tout seul.

Si, au contraire, tu le ou la trouves toujours super, mais que tu vois que de son côté, il ou elle ne répond pas à tes tentatives d'approche et semble mal à l'aise, c'est le moment de se mettre en retrait. Ne deviens pas la reloue que tu n'aimerais pas subir. Plein d'indices peuvent te mettre sur la voie : la personne ne te répond pas, ou assez sèchement, elle t'évite, elle décale sans arrêt les rendez-vous que vous vous êtes donnés... Peut-être que ce n'est pas le bon moment pour l'autre personne, peut-être que ça prendra plus de temps que tu ne l'espérais ; soit il faut être patient, soit il faut carrément passer à autre chose. Tu peux aussi tout simplement lui demander si tu le ou la déranges !

Souviens-toi, rien ne presse... Moi, j'ai toujours été une jeune fille très timide. Je n'étais pas à l'aise, et je n'avais pas envie d'avoir de relation ambiguë avec quelqu'un... Et puis j'avais tout simplement peur d'être amoureuse, pas à cause de déceptions passées ou de traumatismes, mais juste parce que je n'étais pas prête. J'ai attendu la terminale pour me sentir enfin moi-même avec un garçon ! Mais je peux t'assurer qu'une fois la bonne personne trouvée, on oublie tous ces problèmes !

ET SI ON VIENT T'ABORDER ET QUE TU N'ES PAS INTÉRESSÉE ?

Quelqu'un vient de t'aborder, et tu sens bien qu'il ou elle aimerait être plus que ton ami.e... Mais ce n'est pas ton cas. Il vaut mieux être honnête, et le dire rapidement. Essaye d'être le plus délicate possible, mais ne te sens pas coupable de couper court à ses avances : on ne sort pas avec quelqu'un juste pour lui faire plaisir ! Il ou elle t'évitera peut-être par la suite, mais ce n'est pas contre toi : c'est difficile de vivre un rejet... En tout cas, l'honnêteté sera le moyen le plus efficace pour que personne ne soit blessé. Mieux vaut arracher le pansement que de le laisser moisir et culpabiliser dix fois plus...

SAVOIR DIRE NON

DANS L'IDÉAL, SI TU NE VEUX PAS FAIRE QUELQUE CHOSE, L'AUTRE TE COMPRENDRA, NE TE JUGERA PAS.

Entre le moment où tu abordes ton crush et celui où vous vous installez dans une relation, tu vas peut-être avoir envie de dire oui à tout, de peur de le vexer, ou qu'il s'éloigne. **MAIS DIRE « NON » N'EST PAS UN CRIME !** C'est même essentiel – d'ailleurs, pas seulement au début !

On est tous d'accord que la clé de la réussite dans une relation, c'est le respect – pas que, mais une grande partie. Le respect de soi, d'abord : savoir reconnaître ses limites, les exprimer, et comprendre que l'autre se doit de les accepter. Mais aussi celui d'autrui : voir et respecter les limites posées par la personne avec qui on est en date, en couple ou autre.

Dans l'idéal, si tu ne veux pas faire quelque chose, l'autre te comprendra, ne te jugera pas. Nous n'avons jamais eu ce souci et sommes au contraire très à l'écoute de l'autre et ses envies. Comme d'habitude – et on est sûrs que ce n'est pas la première fois qu'on te le dit –, le plus important, c'est la communication. Et en vrai, la communication, c'est dire quand on aime quelque chose, quand tout va bien, mais c'est aussi *surtout* dire quand ça ne va pas.

Moi (Manon), j'avoue que de temps en temps, je fais comprendre à Vincent que certaines choses qu'il fait ne me plaisent pas. Je ne l'ai jamais empêché de faire quoi que ce soit, mais je lui dis souvent mon désarroi et mon mécontentement quand la chose me gêne.

Ça peut être super dur de dire non, parfois on a l'impression qu'avec un simple refus, on peut casser une relation naissante, mais crois-nous sur parole, si la personne à qui tu parles ne veut plus de toi parce que tu as dit non… Bon débarras ! Ne te force jamais pour rien, tu risquerais d'avoir des remords et de ne pas te reconnaître dans tes actions.

MAIS COMMENT ON FAIT POUR CONNAÎTRE SES LIMITES ? Au collège, au lycée et après, en tant que jeune adulte, on se découvre soi-même, on ne sait pas forcément ce dont on a envie… En revanche, on a un pouvoir : celui d'écouter notre instinct, et de le suivre. Tu n'as pas cette petite voix dans ta tête qui t'alerte quand tu t'apprêtes à faire quelque chose de dangereux ou de contraire à tes envies ? Si oui, écoute-la, ne la fais jamais taire. Et sinon, tu dois bien avoir quelque chose – une sensation désagréable dans le ventre, une idée qui te trotte dans la tête…

Ce qui est valable pour toi est valable pour l'autre : il faut aussi que tu saches reconnaître si ton crush n'est pas partant pour ce que tu proposes. Comme on l'a dit, c'est parfois dur de dire non de but en blanc, alors il faut être à l'écoute de tous les signes. Est-ce qu'il ou elle ne donne pas de réponse franche ? Comment est son langage corporel ? Même sans le mot « non », tu dois pouvoir comprendre. Et si tu n'es pas sûre, pourquoi ne pas lui demander, et le ou la rassurer :

– Ça va, tout va bien ?
– Tu es sûr.e que ça te fait plaisir ?
– N'hésite pas à me dire « non », je ne serai vraiment pas vexée.

Tout ça pour dire que l'échange, c'est primordial dans une relation. Ose dire oui quand tu en as vraiment envie, mais ose dire non quand tu ne le sens pas. N'hésite pas à exprimer tes envies du moment, ce que tu rêverais de faire, et observe sa réaction. De ton côté, c'est pareil : essaie de cerner ce qui rendrait heureux ton crush. En tout cas, ça nous est déjà arrivé de nous dire « non » et chacun a respecté cela et tout s'est bien passé !

Le consentement c'est très important, respecter les limites de chacun c'est la base d'une relation saine et qui pourra perdurer. Si tu as ces deux paramètres en tête dans chacune de tes interactions, et que c'est réciproque, beaucoup de belles choses sont plus à même d'exister et de se créer.

À COMMENCER PAR LE PREMIER DATE !

Tu n'es pas à l'aise ?
Tu as l'impression de te forcer à faire quelque chose ? Dire non peut se faire simplement, sans que ça soit mal pris. Voici quelques phrases qui pourront t'aider à refuser dans le respect :

- Merci beaucoup pour ta proposition, ça me touche, mais je ne me sens pas de...
- Ça ne me dit pas trop, ça te dérange si on fait autre chose ?
- Je ne me sens pas à l'aise, je préfère ne pas...
- On ne s'était pas mis d'accord sur ça à la base, je n'ai pas accepté ça.
- Je ne suis pas disponible, et je n'ai pas forcément envie de...

Et rappelle-toi qu'une personne qui insiste, ou qui n'écoute pas ton refus n'a jamais raison : c'est ta vie, c'est ton corps, c'est toi qui décides.

NON, C'EST NON !

PREMIER DATE

Moi (Manon), je peux te raconter la première fois qu'on s'est retrouvés en tête-à-tête avec Vincent – avant ça, on se voyait tous les jours en classe, j'attendais même avec impatience les cours de maths... mais il y avait d'autres gens autour de nous. C'était un lundi, on venait de nous annoncer qu'on n'aurait pas cours l'après-midi. J'ai pris sur moi et je lui ai demandé si ça lui ferait plaisir qu'on se voie, rien que tous les deux. J'étais tellement stressée ! Il m'a dit que oui, que ça lui disait, et il m'a même proposé d'aller chez lui. Sauf que je ne savais pas où il habitait ! Sa meilleure amie, qui était aussi ma copine, a dû m'y amener ! On s'est très bien entendus, on a appris à mieux se connaître.

**POUR RÉUSSIR À TE LANCER,
DIS-TOI QUE TU N'AS RIEN À PERDRE.**

C'est un peu ça qu'on attend toutes d'un premier rendez-vous : **UN MOMENT INOUBLIABLE QUI PERMET DE DÉCOUVRIR L'AUTRE...** Mais comment on arrive à ce stade ? Déjà, si tu as envie de passer à la vitesse supérieure, essaye de faire le premier pas, comme moi. Ce n'est pas forcément un bon moment à passer, on a peur de se faire rembarrer, mais ça vaut le coup, crois-moi !

Pour réussir à te lancer, dis-toi que tu n'as rien à perdre : s'il ou elle refuse ta proposition, au moins tu sais à quoi t'en tenir ! Mieux vaut savoir rapidement plutôt que d'attendre indéfiniment en imaginant ce qui pourrait se passer si... Bien sûr, peut-être que tu as envie de te faire désirer, que ce soit l'autre qui t'invite, et on te comprend. C'est à toi de trouver ta place, là où tu es le plus à l'aise.

Si tu as décidé de faire le premier pas, tu peux l'inviter dans un endroit qui te plaît et qui pourrait potentiellement lui plaire ou, si tu n'es pas à l'aise avec l'idée de te retrouver face à elle ou lui sans rien d'autre à faire que le ou la regarder dans le blanc des yeux, tu peux proposer une activité (ciné, resto, bowling, escape game, musée...) avec un budget raisonnable.

Je ne me rappelle pas exactement comment j'étais habillée pour notre premier restaurant ou notre premier cinéma, mais ce dont je me souviens, c'est que je ne me suis pas trop pris la tête ! Très peu de make-up, tenue casual, un peu de

Ce premier date, c'est sûrement le début de votre histoire, et vous vous en souviendrez probablement pendant longtemps.

parfum. Tu as peut-être envie d'en faire beaucoup plus que ça, et c'est OK ! Il faut juste se souvenir d'un truc : reste toi-même. Si tu adores le maquillage, mets-en ! Mais si tu n'as jamais touché un highlighter de ta vie, pas la peine d'en faire des caisses. Tu as envie de montrer la meilleure version de toi – et c'est bien normal, qui veut mettre en avant ses défauts ? – mais il faut que ça reste ta personnalité, ton apparence… Si l'autre doit tomber sous ton charme, autant que ce soit sous le charme de ton « vrai toi ».

Ce premier date, c'est sûrement le début de votre histoire, et vous vous en souviendrez probablement pendant longtemps. Par exemple, le parfum que vous avez en début de relation peut rester à vie ! Encore aujourd'hui, des années plus tard, quand Vincent remet son parfum du lycée, j'ai comme une bouffée de nostalgie, tous nos vieux souvenirs ressortent, on repense à nous quand on était encore tout innocents. Et la date de ce rendez-vous, elle restera avec vous aussi ! Pour ma part, j'attendais avec impatience le 11 de chaque mois pour compter le temps passé ensemble, je trouvais ça mignon.

Quand vous vous retrouverez en tête-à-tête, peut-être que tout va se passer comme sur des roulettes ! De notre côté, chaque moment à deux se passait très bien, Vincent était hyper attentionné, respectueux.

NE TE POSE PAS TROP DE QUESTIONS, si ça ne marche pas, c'est que ce n'est pas le bon ou la bonne, et si chaque moment passé avec lui ou elle te fait sourire, n'aie pas peur de t'attacher, et ne le ou la lâche pas.

RED FLAGS

Le premier date c'est aussi l'occasion de repérer les « red flags » chez ton crush, les comportements qui devraient te mettre la puce à l'oreille.

- Il ou elle ne parle que de sa propre personne et ne s'intéresse pas du tout à toi ? Red flag !
- Il ou elle critique tes centres d'intérêt ? Red flag !
- Il ou elle ne parle que de ton apparence physique (en bien ou en mal) ? Red flag !
- Il ou elle parle de son ex en long, en large et en travers ? Red flag !
- Il ou elle essaye de te déstabiliser en te contredisant sur tout ? Red flag !

Enfin, même si tu n'arrives pas à mettre le doigt sur ce qui ne te met pas à l'aise mais que tu ne te sens pas bien après ce premier rendez-vous... Red flag !

LE DÉBUT DE LA RELATION

AU DÉBUT, C'EST NORMAL D'ÊTRE RÉTICENT, ET DE SE DEMANDER SI ÇA VA MARCHER…

Quand le premier date se passe bien, on n'a qu'une envie… Que ça continue ! Moi, plus le temps passait, plus j'étais à l'aise à l'idée de sortir avec Vincent. Au début, c'est normal d'être réticent, et de se demander si ça va marcher… Je me rappelle qu'on s'était demandé si on arriverait à tenir trois mois ensemble pour rigoler ! Eh bah, résultat… Quelques années plus tard on y est toujours !

Si tu en es à ce stade, génial ! Ça fait plusieurs fois que vous vous voyez, tu le sens bien… Et après, qu'est-ce qu'il se passe ? Pour certains couples, l'« officialisation » se fait naturellement – nous ça a été le cas –, pour d'autres, il faut se poser et en parler clairement. N'attends pas forcément que ça vienne de l'autre, c'est comme le premier date, si tu en as envie, lance-toi. En parler, même si ça semble venir naturellement, c'est aussi s'assurer que vous avez les mêmes attentes tous les deux. Si ce n'est pas le cas, mieux vaut le savoir rapidement, non ? Peut-être que toi ou ton crush n'avez pas envie d'une relation suivie, ou même d'une relation monogame – et ce n'est pas un souci, mais il faut le dire clairement. Ne pas le faire, c'est risquer de blesser l'autre et détruire la relation de confiance qui a commencé à s'établir.

C'est bon, c'est officiel, **VOUS ÊTES DANS LE MODÈLE DE RELATION QUI VOUS CONVIENT À TOUS LES DEUX ? YOUPI !** Ne déchante pas si tout est encore un peu gênant et maladroit. Tout n'est pas parfait, et le début d'une relation est l'occasion de tâtonner ensemble à la recherche des sujets qui vous rassemblent, des activités que vous aimez faire ensemble, de la fréquence à laquelle vous vous voyez, etc.

Toutes les sensations sont multipliées par mille dans le corps.

Vous allez apprendre à être vulnérables l'un avec l'autre, à vous faire confiance petit à petit et à vous connaître. En vous mettant en couple, vous donnez une place particulière à l'autre dans votre vie, et c'est tout un apprentissage ! Ça peut être dur si tu n'as pas l'habitude de te dévoiler. Ne te force à rien, prends les choses tranquillement, sois à l'écoute de ton ou ta partenaire...

Un conseil : **PROFITE À FOND DE CE QUE TU RESSENS.** On va t'avouer un truc : on ressasse sans arrêt notre début de relation avec Vincent, on adore en parler ! On se dit toujours : tu te rappelles la fois où... et puis on en débat pendant des heures. Et parfois on se demande ce que ça fait, de tomber amoureux, car être en couple depuis des années et se mettre en couple, c'est deux choses totalement différentes. On se dit des fois que la phase ambiguë, celle où on sait pas trop ce qui va se passer ensuite, nous manque un peu, ça nous arrive même de rejouer la première scène de notre relation... Tout ça pour dire qu'il ne faut pas négliger les débuts, quand toutes les sensations sont multipliées par mille dans le corps. On ne saurait ni expliquer ni décrire précisément ce qu'on ressent quand on tombe amoureux, mais croyez-nous, c'est l'une des meilleures sensations au monde !

On ne se rappelle plus non plus qui a dit le premier je t'aime, mais on sait que ça n'a pas été en mode « officialisation ». On n'a pas attendu le premier « je t'aime » pour savoir qu'on s'aimait et qu'on était réellement en couple. Comme aujourd'hui, les « je t'aime » avaient beaucoup de valeur, donc on ne les négligeait pas, et je sais que moi, Manon, j'aimais beaucoup lui faire des mots personnels sur papier, ça avait plus de valeur et de sens qu'un simple message (je trouve).

> *Quand j'ai un crush*

DO Prendre mon courage à deux mains et aller lui parler

DON'T Le ou la stalker sur Insta

> *Quand mon crush me dit que je lui plais*

DO Dire merci et sous-entendre qu'elle ou lui aussi me plaît beaucoup

DON'T S'enfuir en courant

> *Quand mon crush m'ignore*

DO Lui demander s'il y a un problème, s'il ou elle préfère qu'on en reste là

DON'T Lui écrire 24 messages par seconde et échafauder des théories qui expliquent pourquoi il ou elle ne répond pas dans la minute qui suit

> *Quand j'organise notre premier date*

DO Choisir un endroit où je me sens à l'aise

DON'T Dépenser l'intégralité de mon livret A pour aller dans un restau trop chic

> *Quand quelqu'un qui ne me plaît pas me demande d'être sa copine*

DO Refuser poliment – et de moins en moins poliment s'il ou elle insiste

DON'T Lui rire au nez et aller tout raconter à mes copines

> *Quand mon crush fait un truc qui ne me plaît pas*

DO Lui dire que ce qu'il ou elle a fait me gêne, que je ne suis pas d'accord

DON'T Ne rien dire et garder ça pour moi jusqu'à ce qu'une dispute éclate

Courrier du ❤

J'ai des sentiments pour ma meilleure amie, est-ce que si je lui avoue ça pourrait gâcher notre amitié ?

On va commencer notre réponse par une question : et si tu ne lui avoues pas, est-ce que ça ne gâcherait pas aussi votre amitié ? Si tu sens que ce n'est qu'un petit crush, que ça finira par passer, ce n'est pas forcément la peine d'en parler… Peut-être que tu pourras lui avouer plus tard, quand ça te sera complètement sorti de la tête. Mais si ça fait des mois que ça dure, voire plus, si tu ne penses qu'à ça et qu'à chaque fois que tu la vois tu as des papillons dans l'estomac… alors c'est sûrement plus sérieux. Ne pas lui en parler risque de te faire du mal, voire de te pousser à t'éloigner d'elle ou à être désagréable. À toi de voir ce qui est le plus faisable : si tu sens qu'elle n'est vraiment pas intéressée ou déjà en couple, le mieux est peut-être de mettre un peu de distance entre vous le temps que tu te sentes moins obnubilée par elle. Et sinon, tente de lui parler à un moment où tu te sentiras en confiance, en respectant sa décision si elle souhaite stopper la conversation. On ne te dit pas qu'elle va immédiatement sauter de joie dans tes bras ou que votre discussion n'aura aucune conséquence, mais mieux vaut parler que se renfermer sur soi. La franchise t'évitera de vivre des situations douloureuses et d'établir des échanges plus sains. Au final, c'est aussi ça, être un bon ami : même dans une situation délicate, tu restes honnête et tu fais de ton mieux.

Quand est-ce qu'on sait que nos sentiments pour quelqu'un sont réciproques ?

Tout le monde n'est pas pareil sur ce point. Ça peut se « sentir » – la personne veut toujours passer du temps avec toi, vous êtes en phase sur tout, vous passez naturellement des paliers de couple… Ou ça peut se dire. Si tu n'es pas certaine que l'autre partage ton envie d'aller plus loin, tu peux aborder le sujet le plus subtilement possible, lui demander s'il ou elle se sent bien, veut aller plus loin et officialiser… Tout le monde ne parle pas facilement, ce n'est pas évident, mais en étant à l'écoute on pense que tu pourras comprendre si ça matche ou pas. En tout cas, ne t'accroche pas s'il ne souhaite rien avec toi, une autre personne sera ravie de prendre sa place !

Comment faire pour être sûre que l'autre est attiré par moi ? J'ai peur qu'on se force à être avec moi…

Il y a plein de signaux physiques auxquels tu peux être attentive. Est-ce que la personne qui t'intéresse est tactile avec toi, est-ce que quand vous vous parlez elle a tendance à se tenir tout près de toi ? Au contraire, est-ce qu'elle t'évite soigneusement ? Prends conscience de comment la personne se comporte en ta présence, ça pourra te donner des indices. Mais attention, le « body language » ne suffit pas toujours à expliquer l'attitude de l'autre ! Le plus efficace et le plus direct, c'est de demander : « Est-ce que ça te va si… », « Qu'est-ce que tu en penses si on… », etc. N'hésite pas à dire clairement ce qui te fait peur, ce qui te questionne, afin que tu sois le plus à l'aise possible dans ta relation. Et demande-lui également comment il se sent avec toi ; après tout, lui aussi se demande peut-être si tu l'aimes vraiment bien…

Comment avoir un premier rendez-vous réussi ?

Le premier rendez-vous, c'est toujours un peu stressant mais pas insurmontable. On est tous passés par là et le meilleur moyen d'en faire un bon moment, c'est tout simple : c'est de s'intéresser à l'autre (et réciproquement !). Parlez d'un sujet que vous avez en commun, que vous aimez bien, ça sera un bon point de départ (un film Marvel, les voyages, un prof relou...). Finalement, tu verras vite que ce ne sont que les premières secondes du date qui sont angoissantes ; une fois que la conversation est lancée et que vous apprenez à vous connaître, tu ne verras pas le temps passer.

Comment on fait pour savoir si on aime quelqu'un ou si on est juste attiré physiquement ?

C'est vrai qu'on peut confondre les papillons de l'attirance physique et ceux de l'amour. Il faut laisser faire le temps, le désir ça passe souvent plus vite que l'amour. Après, commencer une relation avec quelqu'un et se rendre compte qu'on était seulement attiré physiquement, ce n'est pas un drame. Il faut savoir mettre un terme à tout ça avant que l'autre ne soit blessé. Et parfois, certaines relations basées uniquement sur l'attirance physique se transforment en quelque chose de plus profond après quelque temps... Sois à l'écoute de ton ressenti et de tes émotions, et agis en fonction, ne sois pas dans le déni. Tu te rendras ainsi mieux compte de l'importance que l'autre a pour toi et de quelle place tu veux lui donner dans ta vie.

Comment on fait pour embrasser quelqu'un ?

Il n'y a pas vraiment de réponse à cette question ! C'est bête à dire, mais tu verras sur le moment. Souvent, on se demande de quel côté il faut se pencher, s'il faut fermer les yeux... Un baiser, c'est la rencontre de deux personnes qui ont envie de s'embrasser. Du coup, tout se décide sur le moment, selon nos envies. Ne t'inquiète pas, ça se fait tout seul ! Donc oublie toutes ces questions, la vérité c'est qu'il n'y a pas de règles et qu'il existe plein de façon d'embrasser différentes, tu verras laquelle tu préfères.

J'ai 17 ans et personne n'a jamais tenté de rapprochement avec moi. Est-ce que c'est normal ?

Ne t'inquiète surtout pas ! Tout le monde est différent, et chacun vit les choses à son rythme. 17 ans, c'est super jeune, rien ne sert de se presser – oui, on sait, c'est cliché de dire ça, mais c'est vrai ! Je ne sais pas si tu le sais mais pour ma part, je n'ai jamais été réellement en couple avant Vincent, et j'avais 17 ans ! Donc pas d'affolement, le destin fera bien les choses . Parles-en autour de toi à des jeunes adultes qui ont un peu plus d'expérience que toi, tu vas découvrir à quel point aucune histoire ne ressemble à une autre. En plus, tu nous dis que personne n'a tenté de rapprochement, mais est-ce que toi, tu as essayé d'aller vers quelqu'un ? Peut-être qu'une personne attend que tu fasses le premier pas ! Dans tous les cas, il n'y a pas d'âge pour commencer, ne te force pas à être avec quelqu'un juste parce qu'il faut le faire avant une certaine limite. Il n'y a pas de date de péremption, prends le temps de te mettre avec la bonne personne. C'est ta vie amoureuse, c'est toi qui donnes le tempo, pas la pression sociale.

À TOI D'ÉCRIRE !

hello

- Mon (ou mes) crushs sont ....

....

....

....

....

....

....

....

- Ce que je préfère chez .... c'est ....

....

....

....

....

....

....

....

Nos sujets de conversation préférés sont ....

....

....

....

....

....

Notre premier date c'était ....

....

....

....

....

....

Nos premiers souvenirs sont ....

....

....

....

....

....

RELATION OFFICIELLE ET PREMIÈRES FOIS

C'est officiel : tu es en couple avec la personne qui fait chavirer ton cœur ! Tu es heureuse, la vie est belle… Mais avec ce changement de relation viennent tout un tas de premières fois, sources de stress. Ne te tracasse pas trop, on va te donner quelques petits conseils pour bien vivre ces grandes étapes.

LE PREMIER BISOU

Un premier baiser, c'est forcément unique

C'est le moment qu'on attend tous, les films et les séries nous ont vendu un instant de rêve... Résultat, on a tendance à se mettre la pression pour que ce soit magique, alors qu'il n'y en a pas besoin !

Un premier baiser, c'est forcément unique : ça n'appartient qu'à toi et à la personne que tu embrasses. Il n'a pas besoin d'être parfait... et ça ne veut rien dire sur le futur de ton couple.

Comment ça va se passer ? Eh bien, on ne peut pas vraiment te le dire, ça dépend complètement de toi et de ton ou ta partenaire. Certaines personnes aiment prévoir les choses jusque dans les moindres détails, et si ça te rassure tu peux complètement le faire ! Le lieu, le moment, ta tenue, la musique qui passera... Tu es une grande romantique ? Fais-toi plaisir. **MAIS NE T'INQUIÈTE PAS SI TOUT NE SE PASSE PAS EXACTEMENT COMME PRÉVU – ÇA MARCHE COMME ÇA, LA VIE !**

Au contraire, ça peut être complètement spontané, pas planifié du tout. On sent que le moment est le bon, la petite voix dans notre tête nous dit qu'il faut y aller, les papillons dans notre ventre font des leurs... et on se lance. Pour nous, ça s'est passé comme ça ! On était en soirée, ça faisait un petit moment qu'on se tournait autour... Moi, Vincent, je me souviens que j'étais attiré par Manon, j'ai senti qu'elle en avait envie aussi et on s'est embrassés. C'était vraiment magique !

DEMANDER SANS CASSER L'AMBIANCE

« Je peux t'embrasser, là, tout de suite ? »
« J'ai vraiment envie qu'on s'embrasse, mais je suis un peu stressé... »
« Je n'ai jamais eu autant envie de t'embrasser ! »
« Est-ce que tu sens cette alchimie entre nous ? »

Dans notre cas, c'est le garçon qui a fait le premier pas, mais n'hésite pas à prendre l'initiative ! Il n'y a pas de règles pour ce genre de choses – enfin si, une seule : celle du consentement. Non, ça n'est pas réservé aux relations sexuelles ! Avant d'embrasser quelqu'un, assure-toi qu'il ou elle est partant.e, que son regard et son corps te disent oui – ou, encore plus explicite, pose-lui la question. Promis, demander son consentement à ton amoureux.se, ce n'est pas bizarre et ça peut même être plutôt sexy ! **SAVOIR QUE L'AUTRE NOUS RESPECTE OU QU'ON LE RESPECTE, C'EST RASSURANT ET ÇA DONNE DES AILES.**

Nous, ça s'est passé dans une soirée, avec tous nos potes autour de nous, et on l'a super bien vécu ! Mais si ça doit se passer comme ça pour toi, fais attention à ne pas trop avoir bu avant, ça serait dommage d'oublier ton premier bisou !

Peut-être que ce moment t'angoisse, mais sache que la seule chose qui est importante, c'est de le faire quand tu es en confiance, quand tu le sens – et que l'autre aussi. Ne le fais pas juste parce que tu as l'impression que la personne en face en a très envie ou qu'elle te fait du chantage.

LA SEULE CHOSE QUI EST IMPORTANTE, C'EST DE LE FAIRE QUAND TU ES EN CONFIANCE.

Pour certains, le premier baiser se fait bien avant de se mettre en couple, pour d'autres c'est un moment sympa qu'ils oublieront bientôt... Pour nous, c'est ce qui a marqué le début de notre relation. Après ça, on s'est tous les deux considérés comme un couple. En tout cas, on s'en souvient comme si c'était hier, c'est un instant gravé dans nos mémoires.

Après le premier baiser vient le deuxième... Nous, on n'a pas dû attendre longtemps avant de se retrouver, après cette fameuse soirée : le lendemain, c'était dimanche et le lundi, on avait cours dans la même classe, donc ça facilite l'histoire ! On s'est également retrouvés l'après-midi, chez lui, et profité d'un moment rien que pour tous les deux.

C'est une étape, l'un des premiers liens physiques que tu établis avec l'autre... Si ce n'est déjà fait, tu auras sûrement bientôt en tête une autre grande étape d'une relation amoureuse...

LA PREMIÈRE FOIS SEXUELLE

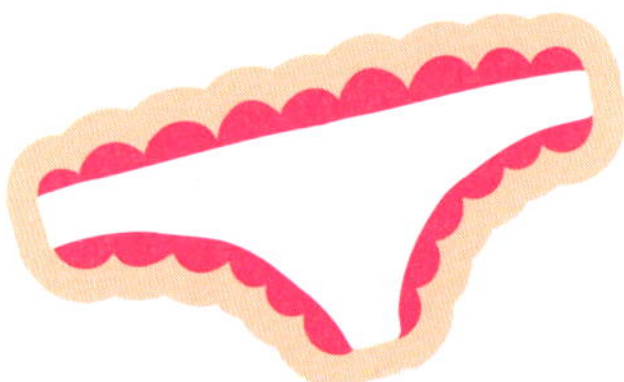

Il y a eu le premier baiser et puis plein d'autres depuis. C'est super, tout se passe bien, vous êtes sur la même longueur d'onde. Mais tu redoutes cette première fois sexuelle... Notre premier conseil, c'est d'abord d'aller à ton rythme : ne te force pas, prends ton temps – nous, on a pris notre temps et ça s'est super bien passé ! Ne laisse personne critiquer la façon dont tu gères ta vie sexuelle : ton corps, ton choix.

Si c'est ta première fois tout court, peut-être que tu angoisses à l'idée de faire ces choses qui te sont totalement inconnues, et on te comprend. Quand on a décidé de le faire, c'était notre première fois à tous les deux, et ça nous a mis en confiance. Et ça, c'est important ! **IL FAUT QUE TU TE SENTES À L'AISE AVEC L'AUTRE**, surtout pas forcée.

Tu flippes ? Tu n'es sûrement pas seule : parlez-en avant. C'est sympa de pouvoir échanger et de se rassurer avec l'autre. Ce que tu peux faire aussi, c'est commencer à explorer ta sexualité en solo, pour être plus à l'aise avec ton corps et avec ce côté plus intime de toi-même. Tu auras un peu moins peur si tu sais ce qui te plaît.

Après, pour te rassurer, on peut t'avouer un truc... Nous on ne s'en souvient pas vraiment, de notre première fois ! Beaucoup moins que de notre premier bisou. Il ne faut pas s'en faire une montagne : c'est une grande étape, mais elle ne va pas marquer au fer rouge l'histoire de ton couple. L'important, c'est plutôt de développer une relation saine au fil du temps.

Si tu es encore angoissée à ce sujet, n'hésite pas à en parler à tes ami.e.s proches, à des gens en qui tu as vraiment confiance. S'ils l'ont déjà vécu, ils seront peut-être de bon conseil ! Ils sauront te rassurer, t'expliquer, répondre à tes questions... Si tu ne te sens pas de parler d'un sujet aussi intime avec eux, tu peux te tourner vers des médias qui abordent les sujets du plaisir, du consentement, etc. On t'avoue, on n'est pas des spécialistes, mais voici une petite liste de livres, de sites, de séries et de films qui pourraient t'aider :

SÉRIES

- Sex education
- Skam France
- Lovesick
- Mes premières fois

CHAÎNE YOUTUBE

- Dans ton slip !

LIVRES

- *Tu n'es pas obligée*, Ovidie et Diglee
- *Le sexe et l'amour dans la vraie vie*, Ghada Hatem-Gantzer et Clémentine du Pontavice
- *Ceci n'est pas un livre de sexe*, Chusita

SITES

- onsexprime.fr
- sexysoucis.fr

Mais attention, chaque expérience est unique, et tous les amis et les séries du monde ne pourront remplacer le fait de vivre le moment avec ton amoureux.se.

Le sexe, ce n'est pas une question de performance, mais plutôt de partage. Il n'y a rien de plus intime et de plus fort que ça, si c'est fait entre deux personnes qui se respectent et se font confiance. **C'EST LA DÉCOUVERTE DE L'AUTRE, C'EST COMPLÈTEMENT FOU !**

Attention ! Même si tu as l'impression que ta relation est parfaite, que tu as totalement confiance, on ne peut pas savoir comment les choses vont évoluer. Sois prudente avec ce que tu envoies comme photos ou comme messages... Protège-toi ! Ça ne devrait pas exister, mais on voit des exemples tous les jours de personnes dont la confiance en soi et l'image est brisée à cause d'échanges intimes dévoilés. Si ça t'arrive, tu peux te tourner vers la police et des associations telles que le collectif Stop Fisha. Le cyberharcèlement est puni par la loi, ce n'est pas la personne qui a envoyé ces images qui est en faute.

> **LE SEXE, CE N'EST PAS UNE QUESTION DE PERFORMANCE, MAIS PLUTÔT DE PARTAGE.**

TOUTES TES QUESTIONS SUR LA PREMIÈRE FOIS

Est-ce que c'est normal d'avoir mal ?

- C'est « normal » d'avoir mal, avec la peur de la première fois, le manque d'expérience des deux partenaires fait que souvent, on se contracte et on a mal pendant la pénétration. N'allez pas trop vite, laissez-vous le temps de vous découvrir. Si les douleurs persistent après la première fois, le mieux serait d'aller voir un médecin généraliste ou un gynécologue pour lui en parler. En tout cas, ce n'est pas ta faute !

Est-ce qu'on est obligée de s'épiler avant un rapport ?

- On n'est obligée de rien ! L'important, c'est de se sentir bien. Si tu préfères être épilée, très bien, si tu préfères garder tes poils, c'est parfait. Ton ou ta partenaire n'a pas à t'imposer ce genre de demandes, c'est toi qui décides. En revanche, l'hygiène est très importante : une douche avant et c'est parti !

Et si je ne ressens pas de plaisir ?

- Dur de répondre à cette question, parce que la première fois qu'on couche avec quelqu'un – encore plus si c'est la même chose pour l'autre – on ne connaît pas encore bien son corps, ce qu'on aime ou pas... Du coup, on ne prend pas toujours de plaisir – même si ça peut être très agréable quand même ! Avec le temps, on apprend à découvrir sa sexualité. C'est un peu comme le sport, il faut s'entraîner ! En tout cas ne t'en fais pas, c'est tout à fait normal de ressortir « déçue » de sa première fois, on te promet que ça ne va qu'en s'améliorant, il faut juste communiquer et tester.

Est-ce que les préliminaires, ça « compte » ?

- Bien sûr que ça compte ! Ce qu'on appelle les préliminaires, c'est tout ce qui n'est pas la pénétration, mais ce n'est pas un « avant » optionnel ou une simple « étape » pour la pénétration, ça fait partie intégrante de l'acte sexuel et c'est un vrai moment de partage et de connexion (et de plaisir). Ça permet de te mettre en confiance et d'apprécier ton corps. À ne jamais négliger !

Et si je n'ai pas envie ?

- Encore une fois, la sexualité, ce n'est pas le bagne ! Ça doit être du plaisir, alors si tu n'as pas envie, ne te force pas. Et personne n'a le droit de le faire – c'est d'ailleurs interdit par la loi. Tu peux dire non avant et demander que ça s'arrête à tout moment. C'est valable pour l'autre : si elle ou il n'a plus envie, c'est stop. Si tu n'as jamais de désir, c'est peut-être juste que tu n'as pas ou peu de libido. Ce n'est pas grave ! On n'est pas obligé d'avoir une vie sexuelle très active, ou une vie sexuelle tout court.

Où est-ce que je peux le faire ?

- Nous, si on a attendu tant de temps, c'est qu'on voulait apprendre à se connaître avant tout… et qu'on habitait chez nos parents ! On n'avait pas envie de partager ce moment si intime à un endroit qui l'était si peu. Il n'y a rien de mieux qu'un endroit tranquille où on est sûrs d'être seuls. Peut-être profiter d'une soirée que vos parents passent ailleurs ou économiser pour une chambre d'hôtel ou Airbnb ? Dans tous les cas, créez votre cocon, faites-le un endroit où vous vous sentez safe et à l'aise.

Et si je suis nulle ?

- Tu as peur d'être vue comme « coincée », pas assez expérimentée, pas assurée… C'est normal ! Tu ne l'as jamais fait avant. Mais dis-toi que si vous en êtes là, c'est que ton ou ta partenaire te désire, et qu'il ou elle a envie d'être ici avec toi et personne d'autre. Pas de pression, profite du moment autant que tu peux et go ! Personne n'est nulle et on apprend toute sa vie des nouvelles choses sur sa sexualité. L'important c'est de communiquer et de ne jamais se forcer, le reste s'apprend et tu n'es pas la seule à ne pas tout savoir, rassure-toi. Le « bon coup » ou « mauvais coup » c'est une légende, c'est avant tout une personne qui est à l'écoute ou pas de l'autre et qui désire vraiment son ou sa partenaire.

YES

LA CONTRACEPTION

Quand on vient de découvrir le sexe, il faut l'avouer, c'est nouveau, c'est beau et souvent, ça prend beaucoup de place dans la relation. Alors, il faut essayer de le faire dans les meilleures conditions possibles ! Pour éviter les infections et les maladies sexuellement transmissibles, mais aussi les grossesses non désirées, la seule solution, c'est la contraception . Tu peux en parler à tes parents si tu as une bonne relation avec eux : c'est ce qui s'est passé pour moi, Manon. Dès que ma mère a su que j'avais un copain, on est allées ensemble chez le médecin pour qu'il me prescrive la pilule. Mais si tu n'oses pas ou que tu n'as pas de relation de confiance avec tes parents, tu peux t'adresser à différents organismes comme les centres de planning familial, présents un peu partout sur le territoire.

QUELQUES MOYENS DE CONTRACEPTION

MASCULINE

	Protège des IST et MST	*Protège des grossesses non désirées*	*Efficacité pratique (en prenant en compte les erreurs d'utilisation, les oublis...)*
Le préservatif masculin	OUI	OUI	85 %

Il existe des contraceptions expérimentales en voie de développement ou en cours de validation par l'OMS, renseigne-toi auprès d'un gynécologue ou d'un médecin pour en savoir plus. La pilule pour homme arrive aussi bientôt sur le marché, reste informé !

FÉMININE

	Protège des IST	*Protège des grossesses non désirées*	*Efficacité pratique (en prenant en compte les erreurs d'utilisation, les oublis...)*
Le préservatif féminin	OUI	OUI	79 %
La digue dentaire	OUI	NON	N/A
La pilule	NON	OUI	91 %
Le stérilet hormonal/ au cuivre	NON	OUI	99,8 % / 99,2 %
Le diaphragme	NON	OUI	88 %
L'anneau vaginal	NON	OUI	93 %
L'implant	NON	OUI	99,9 %

L'égalité homme-femme sur la contraception n'est pas encore à l'ordre du jour mais on espère que ça va vite changer. Reste informée sur les dernières avancées et n'hésite pas à partager cette charge mentale avec ton partenaire (coût, alarmes, etc.).

Pour plus d'informations, parles-en à ton médecin ou à ton gynéco. Tu peux aussi avoir un aperçu sur https://www.gynandco.fr/les-differents-moyens-de-contraception/

ALLER CHEZ LE GYNÉCO, ÇA FAIT SOUVENT UN PEU PEUR, MAIS C'EST SUPER IMPORTANT ! C'est un médecin comme un autre, chez qui on doit aller régulièrement pour prendre soin de sa santé. Frottis, échographie, bilans... tous ces mots un peu barbares sont juste des examens qui permettront à ton médecin de te suivre au mieux. Mais où aller ? Peut-être que les femmes de ta famille te conseilleront un praticien, comme ça s'est passé pour moi. Et sinon, n'hésite pas à consulter la liste de gynécologues safe sur le site Gyn&Co (https://gynandco.wordpress.com).

Pour nous, la contraception, ça a été évident tout de suite mais je dois avouer que je n'étais pas bien au courant de tous les moyens de contraception, j'avais un peu peur de l'implant ou du stérilet, et je ne connaissais pas forcément tout ce qui se faisait. Si c'était à refaire, je me renseignerais encore mieux ! Et c'est ce que je te conseille.

En étant protégés tous les deux par la pilule et le préservatif, on était rassurés côté MST (même si c'était notre première fois à tous les deux) et côté prévention de la grossesse. Cependant, beaucoup de couples envisagent d'arrêter le préservatif. Si ça t'arrive, avant de le faire, il faut passer par la case bilan sanguin et examens, pour être sûre de continuer ta relation de la manière la plus safe possible. Pour cela, tu peux aller chez le médecin, ou bien te rendre dans un centre de dépistage, anonyme et gratuit, comme les CEGIDD (centres gratuits d'information, de dépistage et de diagnostic).

D'ailleurs les gars, petite attention qui pourrait faire plaisir à votre copine : mettre un réveil pour penser avec sa partenaire que c'est l'heure de prendre sa pilule, ou d'aller avec elle aux rendez-vous chez le gynécologue ! La contraception, c'est une responsabilité commune !

Et pour finir, si ton ou ta partenaire refuse de se protéger et sort des excuses douteuses pour se justifier, c'est un beau red flag (cf. page 29). Sois intransigeante, même si ça peut paraître dur sur le coup, car tu ne pourrais que regretter d'avoir laissé passer ça si jamais tu attrapais une maladie ou si tu tombais enceinte alors que tu ne le désirais pas... Car dans ce cas-là, tu seras la seule à subir un parcours médical déplaisant mais nécessaire pour en « assumer » les conséquences. Lui sera tranquille... **TA SANTÉ AVANT TOUT !** En plus, quand tout est carré, on se sent plus safe dans sa relation et on est plus à même d'avoir des relations sexuelles épanouies. Donc c'est gagnant-gagnant pour tout le monde. Plus d'excuses vaseuses posssibles !

QUAND TOUT
EST CARRÉ,
ON SE SENT
PLUS SAFE
DANS SA
RELATION.

LE PREMIER « JE T'AIME »

Si la première fois qu'on fait l'amour est un moment très intime, la première fois qu'on se dit « je t'aime », c'est aussi important. Le temps de prononcer ces quelques mots, on joue cartes sur table, l'autre sait maintenant qu'on ressent pour lui quelque chose de très fort : l'amour.

Parfois c'est juste naturel, ça vient comme ça !

C'EST UN MOMENT LORS DUQUEL ON PEUT ÊTRE TRÈS VULNÉRABLE, surtout quand on n'est pas sûr que l'autre va nous répondre qu'il nous aime aussi… Si tu as reçu une réponse négative – ou pas de réponse du tout –, d'abord, bravo ! Tu as su t'ouvrir à l'autre et être sincère, et ça, ça demande beaucoup de courage. Ensuite, ce n'est pas la fin du monde ! Peut-être qu'en face, il ou elle n'en est pas au même stade que toi – ça ne veut pas dire que ça n'arrivera jamais et que c'est fini entre vous.

De toute façon, si tu l'as dit, c'est que tu étais prête ! Quand c'est le moment pour toi, que tu as envie d'exprimer ce que tu ressens, vas-y. Nous, on se l'est dit peu de temps après avoir commencé à sortir ensemble, mais encore une fois… on ne se rappelle pas le moment exact ! On ne doutait pas de l'amour qu'on se portait, on a simplement traduit en mots ce qu'on éprouvait déjà. Parfois c'est juste naturel, ça vient comme ça !

Comme le premier baiser ou la première fois, ça peut être un moment que tu as anticipé ou au contraire quelque chose de super spontané. Si c'est toi qui le dis en premier, ne t'attends pas à ce qu'on te le dise en retour : dis-le parce que tu en as envie. Et si c'est toi qui n'arrives pas à rendre la déclaration… tente de répondre avec tact : « J'ai besoin d'encore un peu de temps », « C'est une belle déclaration que tu me fais mais… ». Ça n'est pas facile, mais être honnête avec diplomatie sera plus agréable pour tous les deux.

LOVE TEST

Avant de dire « je t'aime », il faut comprendre ce qu'on ressent pour l'autre. Est-ce que c'est ça, l'amour ? Les magazines regorgent de tests en tous genres dont tu peux te servir, nous on t'en a préparé un, court mais efficace.

Attrape un crayon et réponds à nos questions.

1. Je pense à la personne avec qui je suis en couple…

A. Tout le temps ! Le jour, la nuit, quand je mange, quand je dors…

B. La plupart du temps. Mais je pense à d'autres choses aussi : les cours, les copains, les soirées…

C. Pas trop, elle n'occupe pas vraiment mes pensées, sauf quand je suis avec elle !

2. Quand je suis avec elle…

A. Le temps passe trop vite… contrairement au reste du temps, qui s'écoule lentement, trrrès lentement.

B. Le temps passe normalement : on est bien ensemble, et je suis contente de rejoindre mes amis ou ma famille après.

C. Le temps passe plutôt lentement, j'ai un peu l'impression qu'on s'ennuie, parfois.

3. Avec cette personne, je parle…

A. De tout et de rien. Elle rend tout très intéressant, et j'ai toujours envie de parler avec elle.

B. De nos intérêts communs, mais on ne s'aventure jamais dans des sujets plus profonds.

C. De rien de spécial. On ne parle pas beaucoup !

4. Pour elle, je pourrais…

A. Soulever des montagnes !

B. Faire des compromis.

C. Sécher les cours… Je l'aurais peut-être fait toute seule, remarque.

5. Pour moi, cette personne, c'est…

A. L'être humain le plus fantastique du monde !

B. Un confident que je trouve mignon

C. Quelqu'un qui m'attire beaucoup

• Si tu as une majorité de **A.** :

Toi, tu es amoureuse ! Attention à ne pas fusionner totalement avec l'autre quand même ! Mais une chose est sûre : tu l'aimes.

• Si tu as une majorité de **B.** :

Tu l'aimes ! Pas forcément à la folie, mais pas besoin d'être complètement accro pour dire « je t'aime ».

• Si tu as une majorité de **C.** :

Est-ce que tu t'es demandé ce que tu faisais avec cette personne ? On dirait que tu ne ressens pas grand-chose pour elle, à part peut-être de l'attirance physique… Attention à ne pas lui briser le cœur !

LA PRÉSENTATION AUX PARENTS

Tous vos potes sont au courant que vous êtes en couple, tu as osé en parler à tes parents, mais maintenant ils veulent le ou la rencontrer... Voilà un petit guide de survie pour gérer ce moment qui peut être stressant, gênant, désagréable... ou juste sympa.

PEUT-ÊTRE QUE TU AS PEUR QU'ILS JUGENT MAL L'AUTRE ?

Si vous habitez encore chez vos parents, comme c'était le cas pour nous quand on s'est mis ensemble, la rencontre va peut-être arriver rapidement, surtout si tu veux passer du temps avec ton ou ta chérie hors du cadre scolaire. Peut-être que tu as peur qu'ils jugent mal l'autre, qu'ils ne l'acceptent pas tel qu'il est – alors que c'est ton cas ! Ou alors c'est plutôt de la réaction de ton amoureux.se que tu doutes : est-ce qu'il ou elle va trouver tes parents hyper gênants, ou bizarres ? Vu que deux parties de ta vie très intimes vont se rencontrer, tu voudrais qu'ils s'aiment comme toi tu les aimes ?

ON VA TOUT DE SUITE DÉDRAMATISER LA SITUATION. La première fois que moi, Vincent, j'ai rencontré la mère de Manon, c'était à la sortie du métro, et sans Manon pour me la présenter. J'étais tranquillement avec une amie à nous quand une dame est passée à côté de nous et l'a saluée. Cette dame, tu le devines, c'était la mère de Manon ! C'est donc notre amie qui a dû faire les présentations. C'était plutôt drôle ! Bien entendu, j'ai eu l'occasion de la revoir après, de façon plus… officielle.

Avant que tes parents ne fassent connaissance avec ton copain ou ta copine, tu peux préparer le terrain : parle-leur de cette personne qui a charmé ton cœur, ce qu'elle fait dans la vie, ce qu'elle représente pour toi, comment vous vous êtes rencontrés… Ça les rassurera d'en savoir un peu plus.

Intéresse-toi à eux, pose-leur des questions

Ensuite, pour la rencontre, tu peux choisir en premier lieu un endroit familier, chez toi, ou un terrain neutre. C'est ce que nous avons fait pour les parents de Manon : ils ont rencontré Vincent pendant une compétition de gym.

Si c'est toi qui rencontres ses parents, pense que l'autre est tout aussi stressé que toi à l'idée de te présenter sa famille. Notre conseil principal, c'est de rester souriante et polie ! La base ! Reste toi-même, mais essaye de te montrer sous ton meilleur jour pour apaiser les parents qui sont peut-être inquiets, surtout si tu es la première copine de leur enfant. Intéresse-toi à eux, pose-leur des questions : c'est d'ailleurs l'occasion rêvée pour récolter des anecdotes bien gênantes sur ton ou ta chéri.e !

Il n'y a pas que les parents dans la vie : **IL Y A AUSSI LES FRÈRES, LES SŒURS ET MÊME LES GRANDS-PARENTS !** Manon a rencontré les miens avant de connaître mon père. On est même partis en vacances ensemble, comme quoi, ça peut vraiment bien se passer avec la famille.

Petits instants gênants qui peuvent arriver quand tu es en couple, si tu n'as pas encore ton propre appart et que tu en es à avoir des relations sexuelles avec ton ou ta partenaire, il peut arriver que les parents vous surprennent. Ça arrive, ce n'est vraiment pas un bon moment à passer, c'est désagréable pour tout le monde. Mieux vaut dédramatiser et essayer de tout faire pour que ça ne se reproduise plus jamais !

> *Quand tu n'es pas sûre qu'il ou elle a envie que tu l'embrasses*

DO Lui exprimer ton désir et lui demander s'il ou elle le partage

DON'T L'embrasser sans demander, au pire il ou elle te repoussera

> *Quand ton ou ta partenaire te met la pression pour votre première fois*

DO Lui mettre un stop ferme et lui demander pourquoi il ou elle est si pressé.e

DON'T Céder alors que tu n'es pas prête, pour lui faire plaisir

> *Quand ton moyen de contraception ne te convient pas*

DO Aller chez ton médecin traitant ou ton gynéco pour en parler

DON'T Tout arrêter et prier pour qu'il ne se passe rien

> *Quand ton crush n'a pas répondu à ta première déclaration d'amour*

DO Ne pas insister et en reparler plus tard, à tête reposée

DON'T Lui envoyer « tu m'aimes ? » toutes les 5 minutes

> *Quand les parents de ton copain ou ta copine refusent de te rencontrer*

DO Être patiente : peut-être que ça arrivera naturellement plus tard. Et sinon, tant pis pour eux !

DON'T Exiger qu'il ou elle ne voie plus ses parents

Courrier du ❤

Comment on sait si on est prête pour sa première fois ?

D'abord, on veut te répéter quelque chose qu'on a beaucoup dit : ne te force jamais si tu ne te sens pas prête, si tu n'as pas envie sur le moment, si tu ne te sens pas en confiance. Faire l'amour, ce n'est pas un passage obligé dans le début d'une relation, et c'est censé être agréable pour les deux partenaires ! Si tu te forces – ou pire, si l'autre est très insistant – tu ne profiteras pas du tout du moment, et du coup ça ne sert à rien. Il n'y a absolument rien de mal à dire non, et si l'autre personne s'énerve ou te fait du chantage : fuis ! Tu sauras que tu es prête quand tu te sentiras en totale confiance avec ton ou ta partenaire, que tu seras à l'aise avec l'idée de partager un truc très intime avec elle ou lui, et que tu auras vraiment très envie de faire l'amour. Ça ne veut pas dire que tu ne ressentiras pas un peu d'angoisse sur le moment, comme toutes les fois où on fait quelque chose de nouveau ou d'intimidant. Mais si le désir (le tien) est plus fort que ça, c'est sûrement que tu es prête !

Comment on sait que c'est une relation officielle ?

C'est tout bête : si tu n'es pas sûre, pose la question ! Parfois ça peut venir naturellement, mais si tu as des doutes, c'est sûrement que ton ou ta partenaire ne te donne pas les indices nécessaires. Demande s'il ou elle se considère comme en couple avec toi, s'il ou elle se sent bien dans votre relation. Et attention, relation officielle ne veut pas dire relation exclusive : ça aussi, il faut en parler, sinon tu risquerais d'avoir de mauvaises surprises. Clarifie toutes les zones d'ombre pour éviter que le doute ne te ronge.

Est-ce qu'il faut se préparer pour sa première fois ?

Oui et non. Oui, il faut penser à avoir des préservatifs à disposition. Par contre pour le reste, pas besoin d'avoir « révisé » : sois toi-même, ce qui va se passer entre vous ne peut pas être préparé. Ça va se décider sur le moment, en fonction de ce dont vous avez envie. Communiquez, exprimez si ce qui se passe vous plaît ou pas, et tout se déroulera bien ! Et surtout, ça s'améliore avec la pratique, donc si la première fois est mitigée, ne panique pas, avec de l'écoute et du temps, tu prendras de plus en plus de plaisir normalement.

J'ai peur de montrer mon corps à mon copain, comment faire ?

Si tu as peur de ça, c'est sûrement que tu n'as pas confiance en toi. Plus tu t'assumeras et plus tu te sentiras à l'aise et confiante, une énergie qui fera sans aucun doute tourner la tête de ton partenaire ! Si, au contraire, ton manque de confiance vient de lui et d'une attitude rabaissante, dis-lui que ça te bloque et ne va pas plus loin s'il ne change pas sur ce point. Tu es magnifique, nous on n'en doute pas !

Comment avouer à ses parents qu'on est en couple ?

Il y a des parents qui sont plus ou moins stricts : ne te mets pas en danger si tu sens que ce n'est pas safe de leur dire. Mais si tu as juste peur de leur réaction parce que c'est la première fois que ça arrive, ne t'inquiète pas : eux aussi sont passés par là. Aborde le sujet petit à petit, parle-leur de ton copain ou de ta copine sans préciser votre relation... Ils vont sûrement vite comprendre que tu es amoureuse. Pour les rassurer, tu peux organiser une rencontre entre eux, leur écrire quand vous êtes ensemble, leur dire où vous allez... Ils ont probablement un peu peur aussi, c'est une grande étape dans ta vie, mais ils seront heureux pour toi ! Les parents ne veulent que le bonheur de leurs enfants !

J'ai l'impression de trop donner de moi dans ma relation, comment faire pour que ce soit plus équilibré ?

Tu dis que tu donnes trop de toi, mais c'est peut-être que l'autre ne donne pas assez à ton goût ! Tu as raison, dans une relation il faut que les échanges soient équilibrés, mais ils ne le sont pas toujours. Quelqu'un peut être plus à fond que l'autre, ou plus communiquant... La clef, comme toujours, c'est d'en parler avec l'autre. Si tu sens en discutant que ton ou ta partenaire n'est pas aussi amoureux.se que toi, tu peux remettre certaines choses en question. Une relation déséquilibrée, sur le long terme, ça fait beaucoup de mal. Tu mérites un partenaire qui te donne autant que tu lui donnes !

Les potes de mon mec veulent qu'on se sépare. Que faire ?

C'est à ton mec d'en discuter avec ses amis, ils doivent respecter votre relation. Peut-être qu'ils ont l'impression que tu leur « voles » leur pote ? Qu'il passe moins de temps avec eux depuis qu'il est avec toi ? Si ce n'est que ça, ils vont sûrement calmer le jeu au bout d'un moment et comprendre qu'on peut avoir à la fois des amis et une copine... Peut-être même qu'ils vont se trouver des partenaires de leur côté. Tu ne peux pas faire grand-chose de ton côté, à part en parler avec ton copain et voir comment il va gérer ça. Après tout, ce ne sont pas tes amis et tu as les tiens de ton côté, laisse faire le temps et ne surréagis pas à ce problème. Ils s'habitueront à la situation. Tu sors avec ton mec, pas avec ses potes. Reste ouverte à la discussion mais ne laisse personne te manquer de respect par ailleurs.

Est-ce qu'il y a une solution pour ne plus être asexuelle ?

Il n'y a pas de remède miracle à l'asexualité, car ce n'est pas un problème à régler ! Ça peut être dur à vivre de ne pas avoir de désir, surtout à un âge où beaucoup de choses tournent autour de ça. Avec le temps, tu trouveras sûrement des personnes qui partagent ta vision de la sexualité. Si tu le vis vraiment mal, tu peux peut-être aller en parler à un psy, ou essayer d'explorer ta sexualité en solo pour apprendre à mieux te connaître. En tout cas, ce n'est pas un défaut, ni un synonyme de solitude éternelle !

À TOI D'ÉCRIRE !

hello

- Notre premier bisou ....

- La réaction de mes parents quand ils ont su que j'étais en couple

- Mes personnes de confiance ....

Ce dont j'ai peur ....

....

....

....

....

Ce dont j'ai hâte ....

....

....

....

....

Ma première fois ....

....

....

....

....

....

SAVOIR DURER ET S'AIMER

Qu'est-ce qu'il se passe après les premières fois ? « Ils vécurent heureux et eurent beaucoup d'enfants », ce n'est pas vraiment réaliste. Maintenir une relation saine, s'aimer sur le long terme, construire ou reconstruire la confiance en l'autre, c'est du boulot ! On le sait bien, ça fait plus de cinq ans qu'on est ensemble… Il y a certaines choses qui viennent naturellement, et d'autres moins. Laisse-nous t'aider à faire durer ta relation.

ATTENTION AUX RELATIONS TOXIQUES !

Voilà, le plus dur est fait, non ? Le premier bisou, la première fois, la rencontre des beaux-parents, le premier « je t'aime », et pourtant, tu ne le sens pas… ? Peut-être que ta relation n'est pas aussi idyllique que tu le pensais, peut-être même qu'elle est un peu malsaine et qu'il faut que tu te poses des questions. Parfois, une fois la phase « lune de miel » passée et les frissons des premières fois oubliés, la réalité n'est plus si belle.

Avant de te proposer une petite liste d'attitudes toxiques qui pourraient te mettre sur la piste de ce qui ne va pas, ou carrément t'alerter sur l'état de votre relation, voici un petit test… **REMPLIS-LE AVANT DE LIRE LA SUITE DU CHAPITRE !**

MA RELATION EST-ELLE TOXIQUE ?

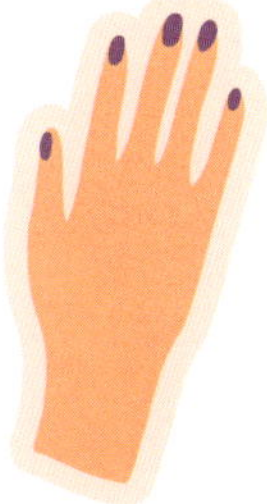

1. Ton ou ta partenaire demande à connaître tes mots de passe.

A. Oui, en même temps je n'ai rien à cacher

B. Oui, mais je lui demande la même chose

C. Il ne me l'a jamais demandé

2. Quand vous vous disputez, c'est souvent elle ou lui qui a le dernier mot.

A. Oui, mais en même temps c'est souvent elle ou lui qui a raison

B. Quand on se dispute, on reste chacun campé sur nos positions

C. Ça dépend du sujet

3. Ton ou ta partenaire veut savoir ce que tu fais et où tu es.

A. Toujours, ça le ou la rassure

B. Oui, et je veux qu'il ou elle me tienne informée de la même façon

C. C'est plutôt exceptionnel

•••

4. Tu as le droit d'avoir des amis que ton ou ta partenaire ne connaît pas.

A. Je préfère lui présenter tous mes amis

B. Non, et je ne supporterais pas qu'il ait des amis que je ne connais pas

C. Ça ne pose aucun problème

5. Ton ou ta partenaire te fait des réflexions sur ton apparence physique.

A. Oui, mais ça me motive pour faire plus attention à moi

B. Oui, mais je le taquine moi aussi à ce sujet

C. Non, et je n'accepte pas ce genre de remarques

6. Tu fais tout avec ton ou ta partenaire.

A. Évidemment ! On s'aime trop !

B. Oui, comme ça on sait où est l'autre à tout moment…

C. Non, on a aussi nos activités chacun dans notre coin

7. Vous décidez ensemble des sorties que vous faites.

A. C'est plus souvent elle ou lui qui tranche, mais il ou elle a toujours des super bonnes idées !

B. On a beaucoup de mal à décider parce qu'on n'est jamais d'accord

C. Oui, on essaye de faire des compromis tou.te.s les deux

8. Tu énerves souvent ton ou ta partenaire.

A. Oui, en même temps j'ai un sacré caractère

B. Autant que lui ou elle m'énerve !

C. Ça arrive, mais on en discute et ça va beaucoup mieux après

9. Tu as des personnes à qui te confier quand ton couple ne va pas bien

A. Non… Ma famille et mes amis ne comprennent pas trop notre relation

B. Non, c'est un peu « nous deux contre le reste du monde »

C. Oui, j'ai mes confidents, c'est essentiel

10. Tu te sens moins intelligente que ton ou ta partenaire

A. Oui, et il ou elle me le fait remarquer

B. Oui, mais il ou elle a d'autres énormes défauts

C. On se considère comme égaux

- Si tu as une majorité de **A.** :

On dirait bien que tu t'es laissé entraîner dans une relation toxique… Ce n'était peut-être pas comme ça au début, mais une chose menant à une autre, tu as fini par accepter des comportements qu'on ne devrait jamais endurer ! C'est sûrement le moment de te tourner vers un psy, des amis, ou d'appeler le 3919 si ça va trop loin. On te conseille de lire la suite du chapitre.

- Si tu as une majorité de **B.** :

Ton ou ta partenaire et toi avez sûrement un travail à faire sur votre dépendance l'un à l'autre, et votre façon de voir votre relation. Peut-être qu'en lisant la suite de ce chapitre, tu reconnaîtras certains de vos comportements l'un envers l'autre, et que ça te fera réfléchir !

- Si tu as une majorité de **C.** :

Entre ton ou ta partenaire et toi, le mot d'ordre, c'est le respect ! Bravo ! Votre relation semble saine. Jette un œil à la suite du chapitre, car c'est bien de savoir reconnaître les signes d'une relation toxique – pour soi ou pour les autres.

UNE RELATION TOXIQUE C'EST UNE RELATION OÙ ON TROUVE...

UN MANQUE D'ÉGALITÉ

Lorsque vous n'êtes pas d'accord, il ou elle finit souvent par imposer son point de vue, que ce soit sur un sujet de discussion ou sur une décision (le restau du soir, la ville où vous allez habiter, faire tes études...). Des compromis sont faits... mais uniquement par toi. Et quand tu dis non ? Il ou elle insiste jusqu'à ce que tu cèdes – ça c'est dans le « meilleur » des cas –, ou encore commence à être agressif.ve, verbalement ou physiquement... Quand tu veux faire quelque chose, tu dois demander la permission, ou alors tu te dis que c'est mieux si tu la demandes, pour ne pas froisser l'autre. Attention ! Prévenir sa moitié de ce qu'on fait, par respect, ce n'est pas la même chose que de se sentir obligée de la tenir informée de tous ses faits et gestes.

UNE DÉPENDANCE AFFECTIVE

Au début, bien sûr, c'est normal d'avoir du mal à se séparer, d'avoir tout le temps envie d'être avec l'autre... Mais au bout d'un moment, si on n'arrive plus à faire les choses sans sa moitié, ça peut devenir un problème. On peut perdre son indépendance, s'isoler, se renfermer sur son couple... La fusion c'est bien, mais jusqu'à un certain point.

UNE DÉVALORISATION CONSTANTE

Ça commence par des petites moqueries, et puis ça devient récurrent. Ton ou ta partenaire insiste sur l'un de tes traits, physiques ou mentaux, il ou elle te fait remarquer tes défauts, te rabaisse, t'humilie en public ou en privé sous couvert d'humour ? Ce n'est pas normal – derrière toute plaisanterie blessante il y a une intention questionnable. Quand ça se répète trop souvent, on appelle ça du harcèlement ! Si la personne ne t'aime pas comme tu es ou pour qui tu es, fuis.

DE LA JALOUSIE ET UNE ENVIE DE CONTRÔLE

On dit qu'être jaloux, il faut l'être un peu. Que c'est montrer qu'on aime l'autre, qu'on tient à lui. Ça nous arrive de l'être un peu, et c'est vrai qu'un brin de jalousie peut parfois faire plaisir à l'autre. Mais ça peut vite devenir envahissant, intrusif et obsessionnel. La confiance, c'est essentiel dans un couple ! Sans ça, impossible d'avancer. En plus, pister son amoureux.se en permanence, c'est restreindre sa liberté. Alors on ne te parle même pas de ceux qui fouillent dans les affaires de l'autre, qui fliquent son téléphone, vérifient ses mails... C'est la meilleure façon d'étouffer sa moitié et de faire régner une ambiance de méfiance en toutes circonstances. Cette envie de contrôler l'autre peut aller jusqu'à lui demander de changer son apparence ou sa façon d'être. Chacun doit être maître de soi !

DU CHANTAGE ÉMOTIONNEL

Si tu entends souvent la phrase « Mais c'est pour me faire du mal, c'est ça ? » quand tu fais quelque chose qui contrarie ton amoureux.se, même quand c'est très peu grave, ce paragraphe est fait pour toi. Une personne toxique se fait souvent passer pour une victime, même si c'est elle le bourreau. Elle va te culpabiliser en permanence, t'empêcher d'être libre de tes mouvements en disant que tu fais exprès de la contrarier, que tu es contre elle… Résultat, pour ne pas lui faire de mal, tu te replies sur toi-même, elle devient la seule personne importante pour toi… Et tu te retrouves coupée du monde, loin de celles et ceux qui pourraient t'aider à te sortir de cette situation.

Une relation saine, c'est beaucoup d'écoute et de communication.

Tu te reconnais un peu ou beaucoup dans les situations qu'on vient de décrire ? Essaye d'en parler à quelqu'un – un ami, un parent, un médecin, un prof en qui tu as confiance –, ne reste pas seule.

Une relation saine, c'est beaucoup d'écoute et de communication. C'est respecter la personne avec qui on est. C'est aimer partager des choses avec l'autre tout en lui laissant la place d'être lui-même, d'évoluer et de grandir. Ce n'est pas forcément évident à repérer parfois, car la relation peut devenir toxique petit à petit, sans qu'on y fasse attention… En tout cas, dès que c'est certain, ne retarde pas davantage le départ, arrête les frais et fuis. **PRIORISE TON BIEN-ÊTRE SUR LE SIEN** et ne laisse pas tes sentiments t'enliser dans une situation où tu seras malheureuse et contrôlée en permanence. Ça n'est pas facile, mais tu te remercieras d'avoir eu ce courage et d'être redevenue une personne indépendante et libre. Tu es forte et capable, ne crois personne qui te dirait le contraire.

LES PETITES ATTENTIONS DU QUOTIDIEN

C'EST UN TRAVAIL QUOTIDIEN POUR GARDER L'AMOUR VIVANT !

Si, heureusement, tu ne coches pas les cases d'une relation toxique, ce n'est pas pour autant que tout est facile. C'est un travail quotidien pour garder l'amour vivant ! Une fois la période des premières fois passées, quand la routine commence à s'installer un peu, il ne faut pas oublier que l'autre n'est pas juste un.e pote ou un.e coloc. On peut avoir tendance à prendre son ou sa partenaire pour acquis.e et arrêter d'avoir des gestes attentionnés, petits ou grands, qui nous paraissaient naturels à la base.

Avec l'excitation et la passion des premiers moments, on montrait tout le temps qu'on s'aimait, sans y penser. Et puis, petit à petit, on arrête de le faire aussi souvent, parce qu'on voit régulièrement la personne, parce qu'on pense à cet examen stressant qui arrive, parce qu'on a oublié, tout simplement. Attention, ça ne veut pas dire qu'on n'aime plus la personne ! Juste qu'on ne le lui montre plus, ou plus assez. Nous, notre secret pour éviter ça, c'est d'avoir des petites attentions, au quotidien, l'un pour l'autre.

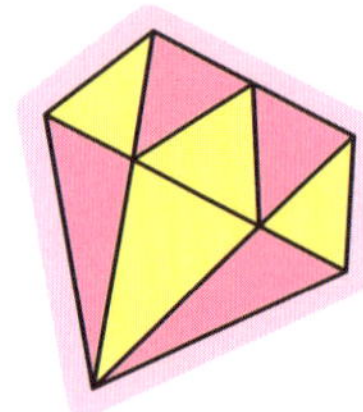

Pour montrer qu'on aime quelqu'un, pas besoin de lui offrir un diamant.

N'OUBLIE PAS DE DIRE À L'AUTRE QUE TU L'AIMES, DANS LES PETITS MOMENTS COMME DANS LES INSTANTS IMPORTANTS. Ne laisse pas cette jolie phrase se transformer uniquement en réflexe : « Je vais chercher le pain. Je t'aime. » Ça peut être sympa, mais il ne faut pas que ça soit seulement dit dans ce genre de situation. Mieux vaut le dire bien que souvent...

Enfin, on dit ça, mais nous on adore se le dire tout le temps – et bien ! C'est personnel, ce genre de choses, de toute façon. Ce qui est important, c'est de ne pas oublier de le faire. Pour montrer qu'on aime quelqu'un, pas besoin de lui offrir un diamant, un voyage à l'autre bout du monde ou d'attendre son anniversaire. Moi, Manon, j'adore que Vincent me fasse des petits compliments. Je ne suis pas bien si je n'ai pas mon petit « je t'aime », mon petit « bonne nuit » ou encore mon bisou du matin quotidien ! Moi, Vincent, j'avoue que j'ai un petit penchant pour les papouilles – et j'aime les compliments aussi ! Je ne me sens pas en manque d'attention, Manon pense toujours à m'en donner.

LES PETITES ATTENTIONS QUI FONT PLAISIR

- Préparer un petit plat spécialement pour l'autre
- Se souvenir d'une date importante
- Quand on part de la maison, laisser un petit mot pour son amoureux.se
- Offrir un cadeau sans attendre d'occasion spéciale
- S'intéresser spontanément à ce que l'autre est en train de faire
- Avoir un geste d'affection quand l'autre passe près de soi
- Être réellement attentif à ce que son ou sa partenaire dit
- Ramener des viennoiseries avant que l'autre se réveille
- Complimenter le travail/le physique spontanément
- Envoyer un message quand on est loin de l'autre

LA CONFIANCE ET LA JALOUSIE DANS UN COUPLE

La confiance dans un couple c'est précieux, c'est même essentiel ! Elle se construit au fur et à mesure, mais il faut essayer de la mettre en place dès le début, en échangeant avec l'autre, en établissant des bases communes. Pourquoi on te dit ça ? Parce que si les limites ne sont pas claires, on risque de les dépasser et de blesser son ou sa partenaire sans même le vouloir. Et réparer la confiance… c'est une autre histoire.

QUAND ON A EU UNE MAUVAISE EXPÉRIENCE, ON A PEUR QUE ÇA SE REPRODUISE.

Peut-être que la tienne a déjà été brisée avant que tu te mettes avec ton ou ta partenaire actuel.le. Après ça, tu as du mal à refaire confiance à quelqu'un ? C'est normal, quand on a eu une mauvaise expérience, on a peur que ça se reproduise. Mais souviens-toi que ton ex n'est pas la même personne que ton nouveau partenaire, ne reporte pas la faute de l'un.e sur l'autre. Parle de ta mauvaise expérience avec elle ou lui, explique-lui à quel point ça t'a blessée, que tu ne veux plus revivre ça. **DÈS LE DÉBUT, METTEZ-VOUS À LA PAGE SUR LE TYPE DE RELATION QUE VOUS VOULEZ.** Mets à plat ce sujet délicat : l'exclusivité ou en tout cas le contrat amoureux qui vous conviendra. Si tout le monde est d'accord, c'est plus facile. Nous, on se l'est dit tout de suite : dans le cadre de notre relation exclusive, on préfère que l'autre vienne nous dire quand ça ne va pas plutôt que de nous tromper.

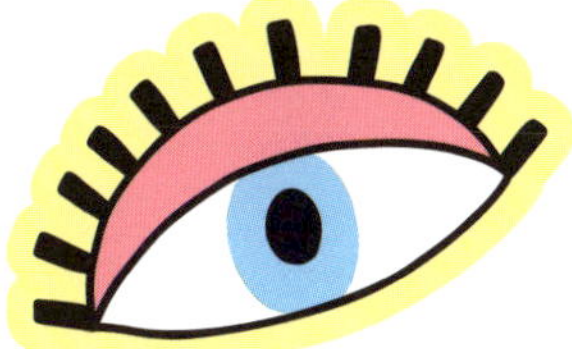

Si tu pistes ton ou ta partenaire alors que vous venez à peine de vous mettre ensemble, vous allez forcément partir sur de mauvaises bases : l'autre va comprendre que tu ne lui fais pas confiance, il ou elle va se sentir surveillé.e. Si tu es jalouse, si tu sens que tu n'arrives pas à croire l'autre, ne reste pas dans ton coin à te faire des films – tu risquerais d'imaginer des choses qui ne sont jamais arrivées. Pose des questions, communique. Moi, Manon, j'ai vraiment besoin d'être rassurée quand Vincent sort. Mais je ne vais pas jusqu'à contrôler et valider où il va ou avec qui il est. Je préfère juste savoir, ça m'apaise. Mais fliquer son ou sa partenaire, lui envoyer 55 messages, ça ne sert à rien – ça veut juste dire que tu n'as pas confiance, en elle ou lui… et en toi ! C'est quelque chose que tu peux travailler.

PARFOIS, ON AIMERAIT AVANCER MAIS ON NE SE SAIT PAS COMMENT LE FAIRE.

Si tu as des soucis de confiance, peut-être qu'il te faut consulter un psy, faire une thérapie, seule ou à deux, pour apprendre ou réapprendre à faire confiance. **ET C'EST OK DE DEMANDER DE L'AIDE !** Car parfois, on aimerait avancer mais on ne se sait pas comment le faire, on est perdu. Ça s'apprend et un psy peut t'aider à te connaître davantage et à débloquer de nombreuses problématiques, car quand on comprend le schéma inconscient qui régente nos réactions, on est en mesure de mieux les maîtriser et de ne plus laisser les vieux démons dominer sa vie.

Et si... la tromperie est déjà arrivée avec ton ou ta partenaire actuel.le ? Tu as trompé, il ou elle t'a trompée... Votre couple traverse une phase très compliquée ? Ce n'est pas forcément la fin de votre histoire, mais ça ne sera plus jamais comme avant et il faut avoir conscience de ça. Demander d'oublier pour avancer, ça ne règlera rien et ça aura même l'effet inverse. Pour essayer de reconstruire ce qui a été brisé, il va falloir tout remettre à plat, discuter pour savoir si vous êtes vraiment capables de vous donner une nouvelle chance. Ce n'est pas évident, car même si vous êtes encore amoureux, vous avez perdu toute la confiance que vous aviez bâtie jusque-là.

Si votre couple tente de se refaire confiance, il faut réussir à pardonner sans faire payer son erreur à l'autre pendant le reste de la relation. C'est très dur, et si tu n'y arrives pas, ce n'est pas grave ! Mieux vaut quitter un couple dans lequel tu ne te sens plus en confiance plutôt que de rester dans le mal-être.

Pour construire ou reconstruire la confiance, il faut parler, rassurer l'autre, mais pas que ! Les paroles ne suffisent pas, il faut aussi les accompagner d'actions. Être bienveillant, faire ce qu'on a dit qu'on ferait, installer un sentiment de sécurité, tout ça, c'est super important. Vous pouvez aussi entamer une thérapie de couple, ou trouver un médiateur qui ne prendra pas parti, afin de trouver un espace de parole et d'écoute sain et serein, qui vous donnera des pistes de réflexion et vous permettra d'avancer.

Les_paroles
ne_suffisent_pas,
il_faut_aussi
les_accompagner
d'actions.

HABITER ENSEMBLE

Vous avez passé la phase lune de miel, vous êtes en couple depuis longtemps et ça y est, vous habitez ensemble ? Vous allez droit vers la routine ! Le plus dur est devant vous, mais voici nos secrets pour échapper aux turbulences. On va parler ici des couples qui habitent dans le même appart ou la même maison, mais il y a des gens qui préfèrent aussi vivre seuls même en couple… C'est un choix personnel ! De toute façon, ça n'empêche pas de développer une certaine routine.

Attention, la routine n'est pas forcément un ennemi : nous, depuis qu'on habite ensemble, on a passé les meilleurs moments de notre existence ! Vivre aux côtés de celui ou celle qu'on aime, c'est quand même le pied. Et pourtant, notre emménagement et nos premiers mois de vie à deux, c'était pendant le Covid – pas forcément évident ! Mais si on ne fait pas attention, on peut rapidement oublier qu'on n'est pas en coloc, et se laisser entraîner dans un cercle vicieux d'ennui, de disputes et d'agacement. Comme on te le disait plus haut, il faut réussir à cultiver les petites attentions, garder des éléments de surprise dans sa vie de tous les jours. On peut par exemple faire des plans au dernier moment (un ciné, un resto, un pique-nique, même un voyage), ou pousser plus loin, et sortir de sa zone de confort. Découvrir un nouvel endroit ensemble – une ville, un pays, un musée, un bar – ou une nouvelle activité, ça peut-être super. Tu peux même organiser, le temps d'un week-end, un petit séjour dans un lieu pas forcément loin de chez vous.

IL FAUT AUSSI SAVOIR SE SÉPARER. Ça crée un petit manque de l'autre qui fait qu'on a terriblement envie de se retrouver. Ça

LA ROUTINE N'EST PAS FORCÉMENT UN ENNEMI.

CASSER LA ROUTINE SANS CASSER SA TIRELIRE

- Prendre la voiture/le métro/le vélo sans destination en tête, et s'arrêter quand on veut
- Aller à un concert/un spectacle/au théâtre
- Prendre un animal de compagnie (quand on peut)
- Organiser une fête
- Faire quelque chose qu'on n'a pas fait depuis longtemps
- S'offrir un baptême de parapente à deux
- Choisir un nouvel élément de déco ensemble

permet aussi de ne pas se marcher dessus ! Peut-être que tu as connu ça, nous c'est notre cas : pendant le confinement, comme on ne pouvait pas sortir, voir nos potes, etc., c'était un peu dur, on s'agaçait plus vite l'un contre l'autre. Alors évidemment là, on était obligés de rester au même endroit, mais dans la vie « normale », on peut tout à fait se réserver des moments rien que pour soi, ses amis, sa famille... et quand on se retrouve, c'est le feu d'artifice !

C'est aussi un bon moyen de comprendre si on est toujours bien avec son ou sa partenaire : si vous ne vous manquez pas, si vous êtes même mieux sans l'autre, c'est peut-être le moment de se poser des questions, ou de changer des choses dans la manière dont vous vivez au quotidien.

Emménager ensemble, c'est génial ! On choisit son appart, la déco, on achète des meubles et puis... on se rend compte qu'il va falloir

Quand on se retrouve, c'est le feu d'artifice !

concilier deux modes de vie dans un seul endroit : chacun arrive avec ses habitudes (horaires des repas, sorties, heure de lever et de coucher, temps d'écran...). Nous, on a des façons de vivre un peu similaires, on travaille ensemble et on a des centres d'intérêt communs (le sport, par exemple) qui font que c'est plus facile. On a aussi fait des compromis, et le mieux, c'est que ça vous vienne naturellement. Par exemple, on n'a pas forcément les mêmes horaires (par exemple Manon qui s'endort à 22 heures lol). On n'a pas non plus le même régime alimentaire, Vincent ne fait pas autant attention à ce qu'il mange !

Mais on ne va pas te mentir, **VIVRE AVEC SON AMOUREUX.SE, ÇA FAIT AUSSI DÉCOUVRIR LES « MAUVAIS » CÔTÉS DE L'AUTRE** – et ça, tout le monde en a.

Le ménage, la cuisine, les courses... toutes ces tâches ménagères sont à partager le plus équitablement possible. Vous pouvez essayer de trouver des compromis : si l'un préfère faire la lessive, l'autre peut s'occuper de la vaisselle, si l'un ne supporte pas de passer l'aspirateur, il ou elle ira faire les courses à la place. Trouvez un rythme qui vous convient, et essayez de ne pas laisser l'un ou l'autre prendre sur elle ou lui toute la charge mentale et physique. Si l'un est maniaque, et l'autre beaucoup moins, il va falloir faire des compromis, établir des règles qui permettent à tout le monde de s'y retrouver. On te l'avait dit : c'est du travail, d'avoir un couple qui dure ! Mais installer ces petites habitudes fera que vous ne vous prendrez pas la tête très souvent et vous passerez du temps qualitatif à la place. Plus tôt vous le mettrez en place, plus vite ça deviendra des petits réflexes, et plus de moments chouettes à passer ensemble vous aurez. C'est du win-win ! L'effort sera payant.

La routine est souvent vue comme quelque chose de négatif, qu'il faut briser à tout prix. Mais nous qui passons de longs moments sans avoir de routine grâce aux réseaux sociaux, on la trouve pas si mal que ça ! Rappelle-toi que ça peut être aussi réconfortant, apaisant et agréable. Après tout, on voit l'autre quand on veut, on peut partager les super moments ensemble, se soutenir quand ça va pas... C'est aussi ça, la routine ! Il faut essayer de ne pas la vivre comme quelque chose de mauvais. Tous les matins, c'est un jour nouveau qui se lève, finalement on ne sait pas forcément ce qui va se passer.

LA COMMUNICATION

IL FAUT RÉUSSIR À REDESCENDRE EN PRESSION, ET À REVENIR VERS L'AUTRE.

Tu l'as sûrement compris, notre conseil principal, celui qui est indispensable, c'est ça : il faut communiquer avec son ou sa partenaire, quand ça va et quand ça ne va pas. Nous, c'est notre moteur.

Il faut savoir dire les choses, même quand c'est difficile, et même si ça mène à une dispute. On préfèrerait toujours parler posément et sans s'énerver, mais se fâcher, c'est une façon un peu désagréable, certes, mais très efficace, de communiquer des choses qu'on n'ose pas dire. C'est tout à fait normal, on ne sait pas pour toi, mais nous on pense qu'un couple qui ne se dispute pas un peu, ça n'existe pas. **IL NE FAUT JUSTE PAS OUBLIER LE RESPECT DE L'AUTRE ET L'ÉCOUTE**, sinon ça ne sert à rien. Après la tempête vient le moment de prendre du recul, d'accepter ses torts et d'apprendre de ses erreurs pour mieux grandir.

Le seul truc, c'est qu'il faut réussir à redescendre en pression, et à revenir vers l'autre. Dans un premier temps ça peut être par message – pour pouvoir réfléchir à ce qu'on veut dire avant de l'envoyer –, puis vient le moment de se confronter face à face, de mettre son ego de côté et de s'excuser si besoin.

« RÉUSSIR » SES DISPUTES

- Ne jamais s'endormir sur une dispute, continuez à parler jusqu'à ce que vous soyez apaisés.
- Le passé, c'est du passé ! Les vieux dossiers ne doivent pas ressortir à chaque fois que vous vous fâchez.
- Revenez vers l'autre, ne restez pas dans votre coin à ruminer.
- Se fâcher, oui, être blessant, non ! Même dans la colère, il faut savoir se maîtriser.

Ne laissez jamais de non-dits entre vous. **AFFIRME-TOI, APPRENDS À DIRE NON** et à exprimer ce qui ne va pas sans écraser ton ou ta partenaire. Ainsi, il ou elle saura ce qui te gêne et pourra peut-être même résoudre le problème ! Ta moitié n'étant pas télépathe, elle ne pourra pas deviner ce qui ne va pas si tu ne le lui dis pas. En revanche, si tu l'informes et qu'elle ne fait rien pour changer la situation, c'est une autre histoire...

Vous êtes proches, vous vous aimez, mais vous êtes deux personnes distinctes, avec des avis parfois différents. Vous ne pensez pas exactement de la même façon, vous n'allez pas réagir pareil aux mêmes informations, et c'est normal !

Tu as des défauts, ton partenaire a des défauts, c'est ainsi, personne n'est parfait et il faut accepter l'autre comme il est et qu'il t'accepte comme tu es. Personne n'est pareil, il y a des couples qui sont parfois plus explosifs que d'autres et s'embrouillent plus souvent – attention tout de même, rien n'excuse la violence.

Ne laissez jamais de non-dits entre vous.

> ***Quand tout va bien***

DO Continuer à faire ce qu'on fait : ça marche !

DON'T Se dire que c'est louche et chercher une raison pour se disputer

> ***Quand vous avez l'impression de vivre en coloc plutôt qu'en couple***

DO Se faire un gros câlin et prévoir un truc à deux

DON'T Ne rien dire et aller voir ailleurs

> ***Quand vous vous êtes disputés juste avant de voir des amis***

DO Mettre la dispute sur pause, et ne pas oublier de régler le problème par la suite

DON'T Régler tes comptes en public et prendre les autres à partie

> ***Quand tu as peur que l'autre te trompe***

DO Lui en parler et lui expliquer ce qui t'inquiète

DON'T Vérifier toutes les 5 minutes sa position sur Snapchat et l'appeler jusqu'à ce qu'il décroche

> ***Quand l'autre t'agace au plus haut point***

DO Aller faire un tour et relativiser

DON'T Te focaliser sur ses défauts avant d'exploser

Courrier du ❤

Comment dire à mon copain qu'il n'est pas assez impliqué dans les tâches du quotidien ?

Si c'est la première fois que tu veux le lui faire remarquer, on te conseille de prendre des pincettes et d'y aller doucement. Demande-lui s'il se sent impliqué dans les tâches ménagères, explique-lui que tu as l'impression que tu en fais plus que lui, que tu aimerais peut-être revoir la répartition des corvées.
Si ça fait longtemps que ça dure, tu peux parler plus sérieusement, et être plus directe. Et s'il ne t'écoute toujours pas, tu peux arrêter de faire certaines tâches ménagères, pour qu'il se rende compte qu'il y a effectivement un déséquilibre. Essaie de lui en parler le plus tôt possible pour instaurer des réflexes et éviter que les mauvaises habitudes ne s'installent, sinon c'est une charge mentale qui va être fastidieuse à traîner. Être à deux, c'est partager des chouettes moments et aussi un quotidien que personne ne doit subir.

Comment faire pour maintenir une relation à distance sur le long terme ?

Ce n'est pas notre cas personnellement, mais on connaît plein de gens qui réussissent à bien vivre leur relation à distance. La clé ? La communication, évidemment, pour réussir à gérer les moments de frustration qui vont avec le fait de ne pas pouvoir voir l'autre quand on veut. Finalement, on rencontre le même genre de problématique que quand on est en couple « classique », mais on ne peut pas les résoudre tout à fait de la même façon. Créez des « rituels de distance » (mardi on mange ensemble en visio, jeudi on s'envoie un petit défi à réaliser dans la journée avec preuve à l'appui, etc.) pour rythmer un peu votre semaine et planifiez-vous au moins un appel hebdomadaire (voire plus) pour intégrer l'autre au max dans votre quotidien. Et attention, on ne bloque pas le numéro en cas de dispute ! Comme c'est votre unique moyen de communication, ça serait un geste vraiment difficile à avaler pour l'autre.

On se dispute tout le temps avec mon copain. Est-ce qu'on doit se séparer ?

On ne peut pas te dire si vous devez vous séparer, mais si tu te poses la question, c'est sûrement que tu ne peux plus supporter la situation. Se disputer, c'est normal, tout le monde se chamaille et se brouille de temps à autre. Mais quand ça devient systématique, c'est qu'il y a anguille sous roche.

Essaie de comprendre pourquoi vous vous disputez autant, s'il n'y a pas quelque chose qui vous empêche de bien vivre votre relation. Cela demande de prendre sur soi pour avoir une discussion où aucun des deux ne s'énervera et où chacun laissera l'autre s'exprimer, sans s'interrompre. Tu verras que cet échange constructif sera libérateur tellement il est sain. Une fois que vous aurez trouvé la racine du problème, peut-être que vous pourrez le résoudre.

Comment faire pour continuer à aimer au quotidien quand ça fait quelque temps qu'on est ensemble ?

On a tendance à penser que l'amour « disparaît », ou qu'il s'éteint au bout d'un moment. Alors qu'en fait, il se transforme ! La passion des débuts ne peut pas durer indéfiniment, mais ce qui reste, c'est l'amour.

Par contre, il faut savoir le cultiver ! Casser la routine en évitant d'en faire une fatalité grâce à des petites et des grandes attentions, partager des moments privilégiés à deux, gérer les disputes... Un couple heureux, c'est du travail ! Vous grandissez et vous aimez de nouvelles choses, explorez à deux ces découvertes et essayez d'intégrer l'autre à vos récents hobbys ou projets. De cette manière, la routine n'en sera jamais complètement une et cela vous permettra même de raviver la flamme. Par contre, si le manque d'intérêt pour l'autre se creuse, il va falloir réfléchir à la pérennité de ton couple.

Est-ce qu'on est obligé de laisser l'autre libre ou est-ce qu'on peut poser des limites ?

On va te répondre qu'on peut laisser l'autre libre et poser des limites ! Il faut que vous réussissiez à trouver un juste milieu : tu ne peux pas empêcher ton ou ta partenaire de vivre sa vie (faire des choses seul.e, voir des amis, voyager, etc.) mais il faut aussi que tu exprimes les choses avec lesquelles tu n'es vraiment pas à l'aise et que ton ou ta partenaire comprenne que ça représente une limite à ne pas dépasser. Communiquer tes inquiétudes permettra à l'autre de mieux comprendre tes réactions et de pouvoir te rassurer. De cette manière, la confiance sera instaurée et il n'y aura plus besoin de répéter les limites car elles seront intégrées. Chacun est libre de ses actes du moment qu'ils ne blessent pas ou ne trahissent pas l'autre.

Courrier du ❤

Avec mon copain, on n'a pas la même vision du futur. Est-ce que ça vaut le coup qu'on reste ensemble ?

Tout dépend de ce que vous attendez de votre relation. On n'est pas obligés de faire des plans sur la comète et d'être d'accord sur tout ce qu'on fera dans 10 ou 20 ans, on peut aussi se projeter sur un temps moins long (1 semaine, 1 mois, 1 an...) et voir si nos visions s'accordent quand même.
Si pour toi cette vision à long terme est très importante, alors oui, tu peux remettre en question votre couple car tu risques d'être frustrée si ton copain ne change pas d'avis – et c'est fort possible. Si cela implique trop de compromis personnels, ça ne vaut sans doute pas la peine de continuer une relation qui t'en demandera trop et te mettrait dans une position de sacrifice. Tu as tes rêves et tes ambitions, et si l'autre est un frein ou ne partage pas du tout les mêmes envies, c'est que vos chemins étaient faits pour se croiser mais pas se rejoindre, et c'est ok. On rencontre parfois certaines personnes qui nous permettent d'en savoir plus sur nous mais qui ne sont pas destinées à être plus que des phases de nos vies. Parfois ça vaut le coup de s'accorder, car être à deux signifie forcément trouver des terrains d'entente, et parfois il faut lâcher prise et être reconnaissant de ce que nous a apporté l'autre et avancer sans lui.

Je suis amoureuse de mon copain mais je doute de notre relation. Que faire ?

Pourquoi doutes-tu de ta relation ? Est-ce que tu as parlé à ton copain de cette situation ? Si tu ne l'as pas encore fait, c'est le moment ! Exprime tes doutes, peut-être qu'il en partage certains, peut-être qu'il a des réponses à tes questions.
Moins tu communiques, plus tu laisses traîner des choses qui pourraient nuire à votre entente. On comprend : tu as peut-être peur de lui faire mal, mais lui dire fera toujours moins mal que s'il l'apprend des mois après ou si tu finis par t'éloigner de lui faute d'avoir pu résoudre vos problèmes. Parfois, on se remet en question personnellement et cela change toute notre vision de nos relations et on se demande si on est à la bonne place, au bon endroit. Plutôt que de faire de l'autre un « ennemi », fais-en un allié à qui tu peux confier ton sentiment d'être perdue, il peut être un repère pour toi et un soutien important dans cette nouvelle phase de ta vie.

Je suis jalouse et j'aimerais l'être moins. Comment faire ?

Quand on est jaloux, c'est souvent pour deux choses : on n'a pas confiance en soi, et on n'a pas confiance en l'autre. Dis-toi d'abord que si ton copain ou ta copine est avec toi, c'est qu'il ou elle en a envie. Travaille sur ta confiance en toi, même si c'est plus facile à dire qu'à faire, ça peut être avec un psy ou juste toute seule !
Ensuite, si tu n'as pas confiance en l'autre, il faut que tu fasses la part des choses : est-ce qu'il est super rassurant et qu'il ne te donne aucune raison de douter, ou est-ce qu'il ne te sécurise pas du tout ? Si c'est le cas, parles-en lui, explique-lui que tu as besoin qu'on te mette en confiance et qu'actuellement ce n'est pas le cas.
Être jaloux n'est pas « normal » si c'est à un stade où ça te ronge d'anxiété. Tu vas passer plus de temps à t'inquiéter qu'à vivre de bons moments et ce n'est agréable pour personne, surtout pour toi. Une fois que tu auras mis le doigt sur l'origine de cette jalousie, travaille dessus pour t'en libérer, cela changera ta relation non seulement avec ton copain mais aussi avec les autres et tu vivras bien mieux tes échanges en général.

Est-ce que c'est grave si j'ai moins envie de faire l'amour au bout d'un moment ?

Déjà, on peut te le dire, c'est normal, ça arrive à beaucoup de gens. Ça peut être pour plein de raisons : tu es stressée, tu prends une pilule qui affecte ta libido, la routine qui s'est installée dans ton couple étouffe un peu ton désir... Parles-en à ton ou ta partenaire : est-ce que ça le ou la gêne ? Est-ce que votre vie sexuelle est satisfaisante pour elle ou lui ? Si c'est le cas, c'est peut-être juste que vous avez trouvé votre rythme... Si ça te frustre et si ça frustre ton ou ta partenaire, vous pouvez essayer de trouver un moyen de changer ça : casser la routine en essayant d'autres manières de faire, changer de moyen de contraception... Tu n'es pas devenue frigide avec le temps, tu as juste besoin de réinventer ton désir sexuel et cela prend parfois un peu de temps, ne te force pas (c'est très important). Sois curieuse de ce qui te fait envie à toi uniquement d'abord, puis communique tes découvertes à ton/ta partenaire et enfin voyez comment vous accorder. La sexualité n'est jamais une ligne fixe, elle évolue en même temps que nous, nos goûts et nos expériences, alors ne t'en fais pas si tu es dans une phase « down », elle n'est pas définitive.

À TOI D'ÉCRIRE !

hello

- Mes défauts

- Mes qualités

- Ses défauts

- Ses qualités ....

....

....

....

....

- Nos surnoms mignons ....

....

....

....

....

- Les petites attentions du quotidien ....

....

....

....

....

- Notre emménagement ....

....

....

....

....

EMBROUILLES ET COMPLICITÉ

Le couple sur le long terme, c'est beaucoup d'amour, de la complicité... et aussi plein d'embrouilles. Qu'elles soient petites vaguelettes ou dangereux tsunami, les disputes et les désaccords font partie de la relation, et il faut savoir les gérer ! Voilà nos conseils pour garder le cap.

LES MOMENTS DE PARTAGE

ILS SE CACHENT PARTOUT, DANS LA VIE DE TOUS LES JOURS !

On va plutôt commencer par le super bon côté : quand on est en couple depuis un petit moment avec quelqu'un, on a l'occasion de vivre ensemble des super moments de complicité. Et ces moments-là, ils se cachent partout, dans la vie de tous les jours ! Ce sont des instants de partage, qui peuvent paraître tout bêtes, mais auxquels il faut donner de l'importance.

Ça peut être par exemple une petite séance de shopping à deux. Nous, on adore ça ! Au lieu d'y aller chacun dans notre coin ou d'acheter systématiquement sur Internet, on prend un temps pour y aller ensemble. Suggérer des vêtements à l'autre, donner son avis pendant l'essayage, offrir un t-shirt ou une paire de chaussures... **IL Y A PLEIN DE PETITES CHOSES À FAIRE POUR PROFITER À FOND DU MOMENT.** On peut même pimenter le tout en proposant des défis : laisser l'autre choisir des habits pour soi, et découvrir s'il ou elle connaît ton style, ce qu'on aime et ce qu'on ne supporte pas... Et puis pourquoi pas en profiter pour terminer la séance shopping par une pause-café qui recharge les batteries de ton couple ?

Après, on parle de shopping mais ça peut être plein de choses différentes !

Coche les moments de partage que tu as déjà vécus… et laisse-nous t'inspirer pour ceux que tu n'as pas encore pu faire.

- ☐ Aller au ciné ensemble et discuter du film pendant 3 heures
- ☐ Prendre sa pause déjeuner ensemble et se raconter sa demi-journée
- ☐ Faire une promenade digestive après le dîner, au lieu de rester sur le canapé
- ☐ Aller à la salle de sport ensemble et lancer des défis à l'autre
- ☐ Faire une partie de jeux vidéo
- ☐ Ranger ensemble votre appart avec la musique à fond
- ☐ Faire un tour avec le chien (le vôtre, ou celui du voisin) au bord d'une rivière
- ☐ Faire une virée shopping et laisser l'autre choisir des vêtements pour soi
- ☐ Aller au skatepark faire quelques tricks
- ☐ Aller à la plage, à la piscine
- ☐ Aller au bowling, faire un billard

VIVRE ENSEMBLE : LE REPAS

Là, on entre dans les parties un peu moins sympas : même si tu t'entends super bien avec ton ou ta partenaire, que tu partages les bons moments avec lui ou elle, tout n'est pas facile. Ça s'illustre à plein de moments, notamment lors des repas – on ne dirait pas comme ça, mais ce n'est pas si évident de faire des compromis pendant l'un des instants les plus importants de la journée ! D'ailleurs, on vous déconseille d'embêter Vincent quand il a faim…

QUAND VIENT LE MOMENT DE DÉCIDER CE QU'ON FAIT À MANGER, IL FAUT FAIRE DES COMPROMIS.

Deux personnes en couple, c'est deux identités différentes, deux caractères différents mais aussi des modes de vie différents. Et quand on arrive au repas, on le sent bien : l'un est végétarien, l'autre ne peut pas vivre sans la charcuterie ; l'un est allergique au gluten, l'autre ne fait pas un repas sans pain, etc. Chez nous, c'est un peu comme ça : Vincent est plus « protéines » et Manon plus « légumes »... et oui, ça crée des mini-embrouilles ! Quand vient le moment de décider ce qu'on fait à manger, il faut faire des compromis – en l'occurrence c'est souvent moi, Manon, qui les fais ! Mais on trouve quand même le moyen de s'arranger, par exemple on commande souvent à emporter, comme ça on peut chacun choisir ce qu'on veut comme plat.

Ce genre de problème n'est pas fixe dans le temps : que ce soit à cause d'un souci de santé, par conviction ou autre, les habitudes alimentaires peuvent changer. Si tu te mets à faire beaucoup de sport et que tu veux prendre de la masse par exemple, si ton ou ta partenaire devient végétarien ou végane, votre quotidien pourrait changer. **RIEN NE VOUS EMPÊCHE DE PRENDRE VOS REPAS ENSEMBLE, MAIS IL FAUDRA FAIRE DES COMPROMIS :** celui ou celle qui a le régime particulier ne doit pas s'attendre à ce que son ou sa partenaire compose systématiquement avec ses spécificités.

Comme pour le reste, il faut accepter l'autre tel qu'il est, et ne pas essayer de le faire changer, sans s'oublier non plus ! Si ton ou ta

C'est_toi_qui_décides_ de_ce_que_tu_veux_ ou_peux_manger.

partenaire essaye de te forcer à adopter un régime particulier, ce n'est pas OK. Si en plus il ou elle ajoute que c'est pour ton bien, sous-entendu ton poids, alors là, c'est vraiment dépasser les limites. N'hésite pas à faire entendre ta voix : encore une fois, c'est ton corps, et donc ton choix. C'est toi qui décides de ce que tu veux ou peux manger.

Préparer ou commander des plats différents ne veut pas dire manger séparément ! Le moment du repas est un super prétexte pour partager le résumé de sa journée respective, évoquer les projets, ou même juste regarder un film ou une série. Quand on a des emplois du temps qui ne nous permettent pas de faire beaucoup de choses à deux, c'est une bonne occasion de se retrouver et de se poser.

Qui dit « repas maison » dit « courses » et « cuisiner », deux actions qui peuvent mener très vite aux embrouilles. **ASSUREZ-VOUS DE BIEN RÉPARTIR LES TÂCHES** pour que toute la charge mentale et physique ne repose pas sur une seule personne, comme c'est souvent le cas. Tout est faisable à deux ! Pour les courses, on se partage la liste, on se répartit les rayons… et pour la cuisine, pendant que l'un épluche, l'autre fait rissoler les oignons, et ainsi de suite ! Faire les tâches ménagères à deux, c'est toujours un peu plus fun.

VIVRE ENSEMBLE : LES HABITUDES QUI ÉNERVENT

Outre les repas, les embrouilles tiennent souvent à des broutilles, des trucs vraiment ridicules et idiots quand on les explique après coup : il ou elle remet une bouteille vide au frigo, ne vide pas ses poches avant la lessive, laisse traîner ses chaussures à l'entrée, ne jette jamais les rouleaux de papier toilette vides…

Il faut d'abord se rappeler qu'on n'est pas tous énervés par les mêmes choses. Tu ne supportes pas un gramme de poussière sur ton parquet, et ton ou ta partenaire s'en fiche ? De son côté, il ou elle est peut-être agacé.e par le fait que tu laisses traîner tes chaussettes dans la chambre, alors que toi ça ne te fait ni chaud ni froid. On est tous plus ou moins sensibles… Si tu es plutôt team désordonnée alors que ton ou ta partenaire est côté maniaque, ça peut poser problème ! Dans ce cas-là, il faut se poser la question avant d'emménager ensemble : **EST-CE QUE JE SUIS CAPABLE DE VIVRE AVEC QUELQU'UN QUI N'EST PAS COMME MOI ?** C'est un travail de compromis au quotidien, pour l'un comme pour l'autre. Nous, on a trouvé la solution : on est tous les deux un peu désordonnés, du coup on est en phase sur ces choses-là. Ce qui ne nous empêche pas de nous embrouiller de temps en temps !

LES EMBROUILLES TIENNENT SOUVENT À DES BROUTILLES.

ACTION/ RÉACTION

> ***Il ou elle laisse l'éponge mouillée au fond de l'évier après la vaisselle, ce qui a tendance à sentir mauvais et à faire durer les éponges moins longtemps***

Propose-lui d'acheter un porte-éponge de son choix pour qu'il ou elle pense à la ranger

> ***Il ou elle laisse traîner ses chaussures***

Choisissez ensemble un endroit où il ou elle peut les laisser traîner sans que ça te dérange

> ***Tu es désordonnée, et ça embête ton ou ta partenaire***

Propose-lui un endroit « spécial bazar » dans votre logement où tu as le droit de mettre tout ton capharnaüm sans que ça ne le ou la dérange

> ***Il ou elle aime écouter la musique à fond pendant que tu révises pour les partiels***

C'est peut-être le moment pour ton ou ta partenaire de s'offrir un joli casque audio !

> ***Tu te poses devant l'ordi ou la télé dès que tu rentres du travail et ça frustre ton ou ta partenaire***

Mettez en place un petit temps rituel pendant lequel vous vous retrouvez, avant que tu ailles te détendre devant les écrans

Le plus important, c'est de trouver un terrain d'entente.

Quand l'autre fait quelque chose qui ne nous plaît pas, inutile de bouder dans son coin ou de soupirer de façon bien passive-agressive en passant à côté de lui/elle : l'idéal, c'est d'aller lui en parler ! Alors comment aborder le sujet ? **COMMENCE PAR SOULIGNER LE COMPORTEMENT DE FAÇON DIPLOMATE**, en expliquant que ça te dérange et pourquoi, et que ce n'est pas une critique personnelle du tout. Enfin, des fois, on n'a pas la patience pour expliquer calmement à l'autre ce qui nous embête dans son comportement ! Nous on a tendance à aller direct au (petit) conflit, et à exprimer un peu abruptement ce qui ne nous va pas ! Au moins, c'est dit. Souvent on s'embrouille un peu à ce moment-là, mais ça ne dure jamais longtemps. En tout cas, après cette confrontation plus ou moins directe, le plus important, c'est de trouver un terrain d'entente.

Et puis il y a les choses encore plus « gênantes », du type de ce qu'il se passe aux toilettes. Tu restes un être humain : emménager avec sa moitié, c'est devoir assumer que tu vas aux toilettes comme tout le monde. Certains couples utilisent un petit code entre eux, du genre « Je vais sortir la poubelle, à toute ! », sous-entendu « Go, tu es tranquille pour 10 minutes ! », ou encore « Tu peux mettre la musique ? ». D'autres assument totalement et annoncent qu'ils vont aux toilettes en rigolant... Chacun son truc ! Le plus important, quand même, c'est de ne pas se retenir à tout prix, ça peut être dangereux pour la santé !

Ce sont juste des choses de la vie ! Au début on peut être un peu gêné, mais si sur le long terme, ton ou ta partenaire te dégoûte vraiment, c'est peut-être qu'il y a un problème !

LES VACANCES

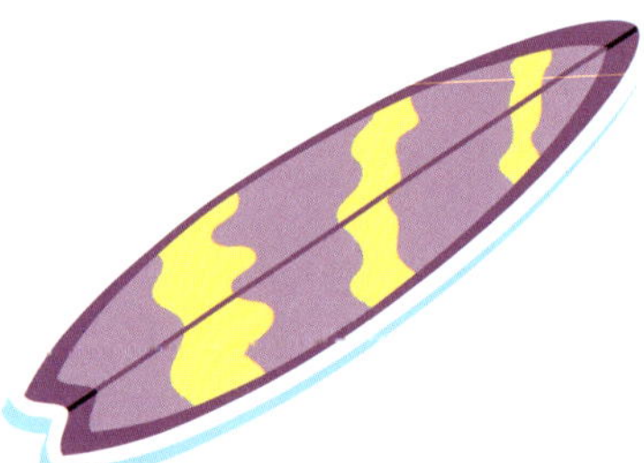

Sortir de chez soi quand on peut, c'est le mieux pour se créer des souvenirs en commun, de nouveaux délires et sortir de la routine. Mais ça peut parfois tourner en embrouilles quand on n'est pas d'accord sur tout.

QUEL TYPE DE VACANCIER ES-TU ?

Fais ce quiz, puis passe le livre à ta moitié et comparez vos résultats !

1. Quelle est ta destination rêvée ?

A. Bali. Une plage de sable fin, la mer qui se confond avec le ciel et un hôtel climatisé… le bonheur !

B. L'Albanie. Des parcs nationaux époustouflants, des monuments historiques… Super !

C. Disneyland Paris. C'est pas loin, et on s'y amuse bien !

2. Qu'est-ce que tu fais en vacances ?

A. R.I.E.N., rien. Les vacances, c'est pour se reposer.

B. Lundi j'ai saut en parachute, mardi j'ai surf, mercredi je visite un musée, jeudi j'apprends la langue du pays que je visite et pour le week-end je prévois d'aller nager avec les dauphins.

C. Je joue à la belote, au rami et au 421… et je tonds ma pelouse.

3. Pendant les vacances, comment tu organises les repas ?

A. Ça dépend, soit on commande soit… on va au restau

B. La liste de courses est prête depuis deux mois et on a un plan pour chaque repas sur deux semaines

C. Bah, comme d'habitude, j'ouvre le frigo et je sors une poêle

4. Qu'est-ce qui te fait le plus envie :

A. Un séjour all inclusive où toutes les activités sont déjà planifiées

B. Découvrir un pays avec pour tout guide Internet et ta débrouillardise

C. Retourner encore cette année dans un endroit que tu adores

5. À quelle heure tu te réveilles en vacances ?

A. Quand j'ouvre les yeux. Le réveil, c'est non !

B. Vers 6 heures, au lever du soleil. Les vacances appartiennent à ceux qui se lèvent tôt !

C. À la même heure que d'habitude pour ne pas perdre les bonnes habitudes.

6. Les vacances c'est…

A. Solo pour ne dépendre de personne

B. Entre amis pour pouvoir varier les activités

C. En couple ou en famille pour profiter de ceux qu'on aime

7. Tes essentiels, c'est…

A. Quatre maillots de bain, de la crème solaire et des tongs

B. Des habits techniques, des bonnes chaussures et une carte routière

C. Mon oreiller préféré, la moitié de ma penderie et une photo de mon chat

8. Comment tu gères ton budget ?

A. 50 % dans l'hôtel, 50 % dans la nourriture

B. 90 % dans les activités, et le reste dans le logement et la nourriture

C. Pas de dépenses exceptionnelles, pas de budget particulier !

- Si tu as une majorité de **A.** :

Tu aimes le farniente ! Le maître-mot : le repos – si possible dans un endroit paradisiaque.

- Si tu as une majorité de **B.** :

Tu adores l'aventure ! Il te faut bouger, tout est prétexte à visiter, faire du sport, découvrir un max de trucs. Tu te reposeras plus tard !

- Si tu as une majorité de **C.** :

Ta passion, c'est ta maison. Si tu pars en vacances, ce n'est pas loin de chez toi, et tu aimes bien avoir le même confort qu'à la maison.

SUR LE PAPIER, ON N'EST PAS FORCÉMENT SUPER COMPATIBLES EN MATIÈRE DE VACANCES.

Alors, qu'est-ce que ça donne ? Si vous êtes compatibles, super. Et sinon, ce n'est pas un drame ! Il y a plein de façons de gérer ça, d'ailleurs nous, sur le papier, on n'est pas forcément super compatibles en matière de vacances. L'un est un passionné de surf – on vous laisse deviner qui – et se lève aux aurores pour profiter à fond de l'océan, l'autre est plus lève-tard et préfère visiter... Et pourtant on adore partir ensemble.

D'abord, mettez-vous d'accord ! La destination, le logement, la manière de voyager, tout doit être clair dans vos têtes, pour qu'il n'y ait pas de mauvaise surprise. Quand Vincent propose des vacances, il dit ouvertement s'il a l'intention de beaucoup surfer. **COMME ÇA, PAS DE MAUVAISES SURPRISES !** Par contre il ne faut pas que ce soit toujours la même personne qui impose sa vision, ça peut user à la longue.

Si vous êtes d'accord sur la destination, mais qu'il ou elle est plus bronzage et que tu es plus sport, rien ne vous empêche de faire quelques activités séparément, ou de faire un jour sur deux des trucs qui te plaisent à toi, et l'autre jour

Sortir de sa zone de confort, ça apporte beaucoup.

des choses qu'il ou elle a absolument envie de faire. Et alterner, c'est enrichissant. C'est comme ça que moi, Manon, je me suis mise peu à peu au surf. Sortir de sa zone de confort, ça apporte beaucoup.

Chez nous, c'est Vincent l'agence de voyages du couple, qui checke les destinations, qui propose une date, et c'est Manon qui s'occupe des détails pratiques du genre réservation de l'hôtel. **ON A DES RÔLES DIFFÉRENTS, ON EST COMPLÉMENTAIRES !** C'est important de s'organiser à deux, pour ne pas qu'une des deux personnes se charge de tout, et que l'autre ne soit au courant de rien et ne maîtrise pas du tout où il va et ce qui est prévu au programme. Et en plus, c'est super sympa et ça rend le voyage plus concret.

Attention, n'oubliez pas de vous mettre aussi d'accord sur le budget, surtout si vous faites un compte à part et que vous n'avez pas les mêmes revenus. Dans ce cas, fixez-vous une enveloppe commune, à parts égales, pour éviter toutes les embrouilles autour de l'argent. Organisez-vous, au moins pour ça, parce que ça peut mener à des disputes un peu corsées.

SURF

EMBROUILLES ET RÉCONCILIATIONS

Cherchez l'équilibre ensemble et vous surmonterez tout !

Il y a plein de types d'embrouilles, et plein de façons de se réconcilier. On va te donner nos tips pour mieux vivre les disputes, et bien gérer l'après. Et ne crois pas que les embrouilles mènent systématiquement à la rupture ! C'est au contraire sain de crever l'abcès et de ne plus accumuler de frustration dans ton coin, parce que ça, ça mène à la rupture car tu fatigues plus vite en te contenant en permanence et tu perds rapidement l'envie d'être avec cette personne qui t'épuise dans le vide. Exprime-toi, plus tôt tu le fais, moins cela prend des proportions difficiles à gérer qui mènent à une dispute. **MIEUX VAUT UNE PETITE EMBROUILLE QUI CLARIFIE UNE SITUATION QU'UNE DISPUTE CORSÉE.**

Chaque dispute est différente, chaque couple a des sujets plus ou moins sensibles car chacun vient avec son bagage émotionnel et son passif. Et tout le monde réagit différemment. Moi, Manon, je suis plutôt impulsive, contrairement à Vincent. Quand on est énervés, on ne réagit pas pareil et c'est parfois agaçant de gérer les émotions de l'autre ; pour autant, s'exprimer reste nécessaire. Le cœur du sujet est de ne jamais être blessant et de savoir s'excuser et reconnaître sa part d'erreur. Attention, si tu es la seule à essayer d'arranger les choses, ce n'est pas normal car vous êtes deux dans un couple, donc les deux doivent être impliqués dans cet effort de communication et de respect. Cherchez l'équilibre ensemble et vous surmonterez tout !

ACTION/ RÉACTION

EMBROUILLE Il y a des embrouilles banales, quotidiennes, des petites remarques sur le bazar, sur une habitude qui agace, sur un manque d'efforts de la part de l'autre.

CONSEIL Il faut sans doute en parler plus calmement, avant que l'embrouille ne fasse un effet boule de neige et que ça prenne de trop grosses proportions.

RÉCONCILIATION Le mieux, ça serait de régler le petit problème. Pas besoin de grandes excuses, la promesse qu'on fera plus attention, suivie par une mise en pratique, devrait suffire.

EMBROUILLE Il y a des embrouilles sur des malentendus qui créent des explosions, des situations où, sous le coup de la fatigue, de la faim – n'est-ce pas, Vincent –, de l'angoisse, on dit et fait parfois des choses qu'on regrette.

CONSEIL Ça peut arriver, parfois on est à fleur de peau, mais l'autre n'est pas là pour éponger nos émotions négatives. C'est notre problème perso. On respire un grand coup, on fait un tour et on essaie de ne pas se laisser entraîner par la colère.

RÉCONCILIATION Quand on voit qu'on est en tort, que nos mots ont dépassé notre pensée, il faut accepter d'avouer son erreur et tenter de se faire pardonner. Aller vers l'autre, s'excuser et promettre de ne plus jamais utiliser son ou sa partenaire comme un punching-ball émotionnel sont le minimum. Et lui faire un câlin.

EMBROUILLE Il y a les embrouilles un peu ridicules mais qui sont le miroir de soucis plus importants. On s'attache à un détail pour évacuer sa colère et sa frustration, mais en réalité, le problème prend sa racine ailleurs.

CONSEIL Il faut réussir à prendre du recul, à comprendre ce qui a motivé la dispute, et réussir à se poser les bonnes questions.

RÉCONCILIATION Expliquer à l'autre ce qu'on a compris, d'où vient le ressentiment, et essayer de prendre à bras-le-corps le problème initial. Et lui faire un câlin.

EMBROUILLE Il y a les embrouilles sur des sujets importants, les pires sans doute, celles qui méritent d'y réfléchir sérieusement. Celles qui peuvent parfois carrément compromettre une relation : s'il ou elle veut des enfants et que tu n'en veux pas, si vous n'avez pas la même position par rapport au mariage, s'il y a de grandes différences entre vous en matière de religion, de politique, de valeurs importantes, etc.

CONSEIL Ne vous dites pas que le temps arrangera les choses, ce sont des sujets centraux qui vous tiennent visiblement très à cœur. Il vaut mieux pour vous deux que vous en parliez, et vite. Si votre relation doit durer, le souci va forcément revenir sur le tapis et devenir toxique si vous ne trouvez pas un terrain d'entente à ce propos.

RÉCONCILIATION Accepter que l'autre puisse avoir un autre point de vue, mesurer l'importance du sujet pour soi et pour l'autre. La réconciliation passe par l'échange et par envisager des compromis, à voir lesquels sont acceptables pour chacun. Ça peut être dur de se faire un câlin dans ces moments-là. Prenez chacun du temps pour vous afin d'aborder le sujet de façon calme et éclairée.

EMBROUILLE Il y a les embrouilles par rapport au passé : on reproche quelque chose qui est arrivé il y a longtemps à son ou sa partenaire, et on n'arrive pas à passer à autre chose.

CONSEIL Ça peut devenir assez vite toxique. Il faut réussir à pardonner pour avancer. Au contraire, tu peux te demander pourquoi tu n'arrives pas à passer à autre chose. Est-ce que cela fait écho à un traumatisme ? Il y a peut-être encore des problématiques personnelles (pour lui ou pour toi) à régler, ou bien c'est quelque chose de trop important, que tu ne pourras pas dépasser.

RÉCONCILIATION Dans ce genre de dispute, l'avenir de la relation est parfois en jeu. C'est le moment de se recentrer sur soi, de prendre un moment au calme pour réfléchir sans être dans le côté immédiat de la dispute. Il ne faut pas oublier de faire la part des choses, de comprendre où sont tes torts et où sont les siens. Ce n'est pas systématiquement ta faute, mais ce n'est pas non plus forcément la sienne. Pour avancer, il faut aussi arrêter d'être dans l'angle du blâme et simplement se demander si c'est une situation qui pourra évoluer positivement et où chacun pourra s'épanouir, ou s'il faut y mettre un terme pour le bien de tous.

GÉRER LA BELLE-FAMILLE

Ah, la belle-famille… Nous, on n'a rien à dire ! On s'entend super bien avec tout le monde, frères, sœurs, père, mère, grands-parents ! On part en vacances ensemble et on partage plein de choses. Mais on sait très bien que ce n'est pas le cas de tout le monde. Alors, après la rencontre des parents, comment gérer la relation avec eux ?

Parfois, c'est clair et net : le courant ne passe pas, vous ne vous correspondez pas et vous l'acceptez. Dans ce cas-là, ce n'est pas la peine d'insister, moins vous vous verrez, mieux vous vous porterez. En revanche ça peut être plus insidieux, plus sournois, à base de remarques récurrentes passives-agressives ou légèrement désagréables… Souvent, ton ou ta partenaire ne sentira pas ce malaise et ne saura pas comment réagir. **SES PARENTS, POUR ELLE OU LUI, ILS NE PEUVENT PAS TE VOULOIR DU MAL !**

C'est sûr que ce n'est pas une bonne position pour toi : tu n'es pas acceptée par ta belle-famille, mais tu ne peux pas mettre l'autre au milieu de ce conflit. Surtout, ne pose pas d'ultimatum du genre « Choisis entre moi et ta famille », il pourrait choisir sa famille, ou te reprocher de lui avoir demandé de faire un choix, plus tard.

APRÈS LA RENCONTRE DES PARENTS, COMMENT GÉRER LA RELATION AVEC EUX ?

Si la relation que tu entretiens avec tes beaux-parents est toxique au point que tu ne peux plus le supporter, dis-le à ton ou ta partenaire en lui précisant qu'il s'agit juste de ton histoire avec eux et que tu ne lui demandes absolument pas de couper les liens. En revanche, ne te force pas à aller les voir souvent. **PEUT-ÊTRE QU'À PETITES DOSES ÇA PASSERA MIEUX ?**

S'ils te reprochent des choses, ne change pas pour eux, ton rôle de composition ne tiendra pas longtemps. Tu peux essayer de leur parler, de leur expliquer ton ressenti si tu sens que le dialogue est possible – si tu ne le fais pas pour toi, fais-le pour ton ou ta partenaire. N'oublie pas qu'au moins au début, tu es une « pièce rapportée », un élément étranger à leur famille qui arrive avec son éducation, sa façon de faire, de parler... Une réaction de rejet au premier abord n'est pas inhabituelle. Avec un peu de chance, de

UNE RÉACTION DE REJET AU PREMIER ABORD N'EST PAS INHABITUELLE.

communication, de la politesse et du temps passé ensemble, ils s'habitueront à toi. Lui demander d'intercéder pour que tu sois respectée si ce n'est pas le cas, c'est normal, mais priorise ton couple et rien de mieux que de diminuer les rencontres familiales avec eux si besoin. Ne l'empêche pas de voir sa famille pour autant, ça empirerait les choses en plus d'être une attitude toxique.

Tu as appris à accepter et à gérer les défauts de ta moitié ? Eh bien c'est un peu la même chose pour ta belle-famille. Parfois, entrer dans une famille, c'est presque découvrir une nouvelle culture, une sorte de clan avec des habitudes et des traditions complètement différentes de ce que tu connais. Ne t'en fais pas si la connexion n'est pas immédiate et ne les compare pas à tes parents, tu n'auras pas un point de vue neutre !

Même quand on s'entend bien avec les parents de l'autre, il y a quand même des moments propices aux embrouilles et aux mésententes... On veut bien sûr parler des fêtes ! Toi et ta moitié, vous êtes inséparables mais ces instants-là se passent souvent en famille. Alors, comment on fait ? On va te dire notre point de vue : nous, on considère qu'on n'a pas besoin d'être tous les deux pendant les fêtes, et on passe par exemple Noël chacun dans sa famille. C'est un moment privilégié avec nos parents et nos frères et sœurs. Après, si vous avez envie de les passer ensemble, vous pouvez vous organiser : un an chez l'un, un an chez l'autre. Il reste aussi l'option lâcheté : vous prenez un billet pour l'autre bout du monde et passez ce moment à deux.

LA RÈGLE, C'EST DE NE PAS REPROCHER L'EXISTENCE DE LA BELLE-FAMILLE À SA MOITIÉ car il ne l'a pas choisie non plus. Trouve au fur et à mesure le juste milieu pour être à l'aise avec ses proches sans que cela impacte négativement ton couple.

LES DIFFÉRENTES PHASES DU COUPLE

Après quelques années ensemble, on peut vous le dire, la relation change : clairement, on n'est pas au même stade que quand ça faisait trois mois qu'on se fréquentait. L'amour est toujours bien présent, mais il est plus solide et moins dingo !

Parfois, certains couples vivent très mal le moment où la routine s'installe, où la passion s'estompe. C'est le moment dans les comédies romantiques où le film s'arrête et le générique commence, mais ça ne se passe pas comme ça en vrai ! En réalité, c'est un peu plus complexe. Non, la vie de couple, ce n'est

C'EST L'AMOUR SOLIDE, L'AMOUR, LE VRAI !

pas tout rose et super facile. Rien n'est jamais parfait, même quand tu as trouvé « ta » personne. Il faut faire un vrai travail sur soi et sur la relation. Ça peut passer par des moments de doute, c'est normal.

Mais nous, **ON TROUVE QU'UNE FOIS LE DÉBUT PASSÉ, LE MEILLEUR EST À VENIR.** C'est l'amour solide, l'amour, le vrai ! On n'est plus gênés comme au premier jour, on pense moins aux apparences et plus à ce qu'on vit. Quand tu sais que tu as trouvé la bonne personne pour toi, c'est une sensation géniale. Attention, ça ne veut pas non plus dire qu'on est obligés de se projeter immédiatement dans des responsabilités qui nous dépassent, genre maison-chien-enfant. Profiter de la relation, la construire petit à petit et trouver votre schéma de couple épanouissant, c'est ça qui est beau !

Oui, c'est sûr, au début quand on s'embrassait, ça nous retournait le cerveau ! Maintenant quand on se fait un bisou, ce n'est pas systématiquement comme ça ! C'est doux, c'est cool, on adore, c'est juste moins intense que pendant les premiers mois. Et c'est naturel ! On a toujours l'étincelle, parce qu'on la cultive au quotidien, mais en version apaisée.

Rappelle-toi que pour comprendre et assimiler ce que c'est que le bonheur, il faut aussi passer par des phases un peu plus down. La vie n'est pas un long fleuve tranquille, on ne nage pas dans le bonheur absolu au quotidien. En vrai, on le fabrique, au jour le jour, avec des petites et des grandes joies. On a déjà donné ce conseil, mais essayer de se manquer, se séparer le temps de quelques jours ou quelques semaines, c'est une super façon de savoir si on s'aime encore.

Il n'y a pas forcément une seule histoire d'amour dans ta vie !

SI TES SENTIMENTS ÉVOLUENT, C'EST NORMAL ! Un couple passe par plein de phases, d'histoires, de disputes, de souvenirs, de découvertes et d'épreuves personnelles qui te changent toi et qui changent ton couple. Tu n'es pas la même après deux mois qu'après deux ans, pareil pour ta relation ! Elle change forcément, et heureusement ! Si tu cherches toujours la même chose que quand tu étais en couple de deux mois, tu fais sans doute fausse route... Tu peux penser que si les papillons dans ton ventre disparaissent, c'est que tu n'es plus amoureuse et que c'est la fin... mais c'est peut-être juste un nouveau chapitre qui s'ouvre à toi dans le livre de votre relation ?

Tu as l'impression qu'en restant en couple tu rates des choses, que tu passes à côté de ta vie ? Si tu penses ça, pose-toi la question : est-ce que tu tiens suffisamment à la personne avec qui tu es pour rester avec elle, est-ce que tu as encore la volonté de construire des choses avec elle ? C'est à toi de voir ce qui est le plus important pour toi : les nouvelles expériences en solo ou approfondir une relation. On ne dit pas que l'un est mieux que l'autre ! En tout cas, souviens-toi que le respect est la valeur numéro un des relations humaines. Se questionner sur son couple, c'est normal, c'est sain, mais ne fais pas à l'autre quelque chose que tu pourrais regretter.

On voudrait aussi dédramatiser une dernière chose : **LA SÉPARATION, CE N'EST PAS LA FIN DE TOUT !** Évidemment, on ne souhaite pas ça pour toi – et nous on est très, très loin de vouloir mettre fin à notre histoire. Mais même si c'est super dur de quitter quelqu'un, ou d'être quitté, la vie continue. Il n'y a pas forcément une seule histoire d'amour dans ta vie ! Tu peux tomber et retomber amoureuse de la même personne au fur et à mesure de vos évolutions personnelles ou bien tomber amoureuse de plusieurs personnes au cours de ta vie. Rien n'est écrit et tout est possible.

> ***Quand ta moitié te propose une soirée ciné au lieu d'un « Netflix and chill »***

DO Profiter de l'instant et choisir le film avec elle ou lui

DON'T Refuser et lui imposer ton choix de série le soir même

> ***Quand il ou elle veut se prendre un MacDo alors que tu avais prévu de manger super healthy***

DO Proposer un compromis : ce soir, on mange des légumes et demain un burger

DON'T Le taguer sur un post Insta qui explique les ravages de l'industrie de la viande #meatismurder

> ***Quand ton ou ta partenaire mange la bouche grande ouverte***

DO Lui demander gentiment s'il ou elle peut mâcher un peu plus discrètement

DON'T L'imiter en le caricaturant jusqu'à ce qu'il ou elle se vexe

> ***Quand ta moitié se prend pour un DJ et monopolise l'enceinte bluetooth***

DO Proposer de créer une playlist partagée

DON'T Appuyer sur le bouton « off » en le regardant droit dans les yeux

> ***Quand ton ou ta partenaire a prévu une liste interminable d'activités pour les vacances alors que tu es là pour chiller***

DO Sélectionner celles qui t'intéressent et l'inviter à faire le reste en solo

DON'T Faire la tête pendant l'intégralité de votre séjour

> ***Quand vous vous disputez***

DO Faire un tour, réfléchir, se calmer, discuter

DON'T En profiter pour ressortir les dossiers des 5 dernières années

> ***Quand beau-papa te fait remarquer que l'ex de ton copain faisait beaucoup plus de sport que toi***

DO Répondre que tout le monde a des qualités et des défauts

DON'T Lui répliquer qu'il ferait bien de s'inspirer de l'ex

Courrier du ❤

Est-ce que c'est normal que ce soit toujours moi qui apaise les disputes ?

Si c'est toujours la même personne qui fait le premier pas après vos embrouilles, ce n'est pas normal, et en plus, ça va finir par t'user... Apaiser la dispute, ça veut souvent dire réussir à mettre de côté son ego, reconnaître ses torts et faire un compromis. Donc déjà, bravo de le faire ! Par contre, être la seule à le faire, ce n'est pas ok.
Tu peux aussi essayer de ne pas revenir vers elle ou lui aussi vite que d'habitude, peut-être qu'il ou elle a besoin de plus de temps pour faire la démarche. S'il ou elle reste dans l'attente que tu fasses la démarche, car c'est une position plus confortable, là par contre il va falloir lui dire que ce n'est pas acceptable. Un tort est souvent partagé, ne pense pas que tu es la seule à devoir t'excuser. Cela ne fait que te mettre dans une position de soumission pas très saine... Le respect d'un échange se voit aussi dans les moments plus délicats, s'il ou elle n'assume jamais rien et attend de toi de tout arranger en permanence, c'est qu'il est temps d'avoir une vraie discussion avec ton ou ta partenaire sur le sujet.

Mon copain passe énormément de temps au travail et avec ses potes, du coup on ne se voit presque pas... Je ne sais pas comment lui dire que ça me dérange !

Tu pourrais essayer d'introduire le sujet quand vous êtes au calme, posés tous les deux – ne le fais pas quand il te manque, ou si tu es en colère car ton impatience peut t'empêcher de formuler clairement ton malaise et le braquer. Explique-lui que tu respectes complètement son mode de vie, que tu es heureuse si ça le rend heureux, mais que tu aimerais beaucoup partager plus de moments ensemble et qu'il te fasse une vraie place dans sa vie.
S'il n'a pas envie de passer plus de temps avec toi, c'est peut-être qu'il y a un souci d'équilibre entre vous... Par contre s'il comprend ton besoin de partage, mais qu'il n'arrive pas à dégager du temps, tu pourras lui proposer des instants à deux... On t'en propose quelques-uns dans ce chapitre ! Et puis s'il continue à faire le fantôme et que ça te frustre de ne pas partager assez de choses, ne reste pas, ton temps aussi est précieux alors passe-le avec quelqu'un qui sera présent et content de partager ces moments avec toi.

Est-ce qu'on peut donner une seconde chance à quelqu'un qui nous a trompé ?

On peut donner une seconde chance à quelqu'un qui nous a trompé... mais c'est très compliqué. Une fois que la confiance est brisée, il y a beaucoup de choses à reconstruire. Si l'autre ne nous aide pas dans ce cheminement, ça sera impossible. Il ou elle t'a trompée, il lui faut maintenant t'aider à te relever et faire de nombreux efforts sur le long terme pour que tu puisses lui refaire confiance. Rien ne sera plus comme avant, il faut en avoir conscience dès le début de ce processus, mais si vous êtes tous les deux sincères dans votre démarche et prêts à faire les efforts nécessaires (surtout la personne qui a trompé), alors c'est possible.

Tu n'es pas non plus obligée de donner une seconde chance, et tu n'es pas non plus tenue de décider tout de suite de ce que tu vas faire. Prends du temps pour toi, réfléchis à tes envies, et souviens-toi : ce n'est pas ta faute.

Comment faire pour être plus complices ?

La meilleure façon d'être proche et complice de son ou sa partenaire, c'est de passer du temps ensemble (virtuel ou IRL), de partager des moments qui deviendront votre histoire et de discuter. Peu importe si ce sont des petits délires ou des grandes conversations, l'important c'est d'échanger. Pour « booster » un peu ce côté complicité, intéresse-toi à ce que fait ou aime l'autre, renseigne-toi sur ses hobbys (apprends les règles du rugby à XV, écoute de la musique classique, regarde des tutos de mécanique sur Internet...) pour pouvoir vivre des instants communs avec elle ou lui. Partir en voyage aussi est un grand moment qui soude et rapproche, où les galères deviennent des souvenirs dont vous rirez ensemble et où vos découvertes à deux seront vos trésors à vous. La complicité se crée souvent dans les petits riens qui forment un grand tout, soyez attentifs à l'autre et elle ne fera que croître.

Est-ce qu'on peut tout dire à son ou sa partenaire ? Comment bien communiquer ?

Nous on pense que la communication, c'est essentiel. Ça permet d'être toujours sur la même longueur d'onde, de partager plus de choses, d'aider l'autre quand il en a besoin, de résoudre les embrouilles... Mais on n'est pas obligés de dire tout ce qui nous passe par la tête. On dit qu'il faut toujours garder un petit « jardin secret », des pensées qu'on n'a pas envie de communiquer, des choses blessantes ou trop perso pour être partagées. Si tu as envie de dire quelque chose à ton copain ou à ta copine... dis-lui ! Surtout si tu as les idées noires, ton partenaire est ton premier soutien. Par contre, si vous avez tous les deux un fort caractère et que la communication n'est pas évidente, instaurez un temps de parole respectif lors de vos discussions : chacun prend la parole à tour de rôle et interdiction d'interrompre l'autre. Une fois qu'on a fini de parler, l'autre répond et là encore, on écoute. Pour résumer, dis ce que tu as sur le cœur, mais formule parfois certaines choses pour ne pas être blessantes et garde pour toi ce que tu ne souhaites pas partager car c'est ton droit. Pour le reste, il faut juste trouver des astuces d'écoute et de communication, comme celle qu'on vient de donner, mais il en existe d'autres, creusez ces pistes pour mieux vous comprendre.

À TOI D'ÉCRIRE !

hello

- Un moment de complicité et de partage ....

- Un délire qui nous a rapprochés ....

- Notre prochaine destination vacances ....

- Ma belle-famille ....

- Comment on gère les embrouilles ....

....

....

....

- Mon couple au bout d'un mois ....

....

....

....

- Mon couple au bout d'un an ....

....

....

....

- Mon couple au bout de ..... ans ....

....

....

....

SE TIRER VERS LE HAUT

Ton couple dure depuis quelque temps maintenant, et vous arrivez à gérer les tracas et les joies du quotidien. Bravo ! Ce n'est pas évident. Vient également le moment où il faut aussi prendre du recul, voir les choses en grand et penser aux sujets importants qui vont définir prochainement ton couple et ton avenir – les études, les amis, le futur ? Tu te sens dépassée ? Pas de panique, on a des conseils pour toi !

LES ÉTUDES

Être en couple, c'est sûr, ça peut être hyper stimulant et t'apprendre plein de trucs sur toi, sur les autres et sur la vie, mais attention, tu pourrais avoir tendance à t'oublier en tant que personne. **TON AVENIR, TU NE PEUX PAS LE VOIR UNIQUEMENT À TRAVERS L'AUTRE, IL FAUT LE CONSTRUIRE TOI-MÊME.** Ne renonce pas à tout pour un mec ou une meuf. Tu voudrais faire des études de médecine ? Fais-les. Tu voudrais étudier à l'étranger pour tester Erasmus ? Fais-le. On ne va jamais te dire de faire passer ton histoire d'amour avant ton avenir scolaire et professionnel, mais il y a moyen de trouver des solutions pour concilier les deux : parmi les facs ou les écoles qui te plaisent, choisir celle qui est la plus proche de l'autre par exemple, ou se donner les moyens de faire vivre une relation à distance – c'est dur, mais c'est possible ! On connaît plein de potes qui y arrivent.

NOUS, ON A TOUJOURS RESPECTÉ LE CHOIX DE L'AUTRE.

Nous, on a toujours respecté le choix de l'autre. À la fin du lycée, quand on a fait nos vœux sur ParcourSup, on savait chacun ce qu'on voulait faire, c'était différent et c'était très bien : Vincent s'est inscrit en informatique écogestion et moi, Manon, en prépa chimie à Paris. Et puis quand les réseaux sont arrivés, Vincent a décidé d'arrêter les études, et moi je l'ai encouragé ! C'est son choix, il l'a fait après beaucoup de réflexion. On en a bien sûr discuté ensemble, mais ce n'était pas à moi de prendre une décision à sa place. De mon côté, j'ai bien l'intention de finir mon école d'ingénieurs, et il me soutient à fond.

Parfois les études sont hyper prenantes, très chronophages et il est compliqué de concilier amour et scolarité. Manon a fait deux ans de prépa, c'était un des moments les plus intenses de ses études, il y avait beaucoup de pression… Moi, Vincent, j'ai essayé d'être vraiment là pour elle dans les instants difficiles, afin qu'elle ne se sente pas seule face à ces épreuves.

UN CONSEIL : TROUVEZ VOTRE ÉQUILIBRE, savourez les moments que vous passez ensemble et restez focus sur votre travail quand il le faut. Ça demande un peu d'organisation, mais de cette façon vous pourrez vraiment profiter de tout. Après une journée bien chargée, après une série de partiels, après une séance de révisions intenses, qu'est-ce qu'on est contents de se retrouver ! Et quand vous galérez, peut-être que vous pouvez aussi vous épauler l'un l'autre, vous motiver pour travailler par exemple, pour réviser, pour vous relire mutuellement, etc.

Si c'est toi qui as un emploi du temps moins exigeant que l'autre, ne l'incite jamais à faire quelque chose quand il ou elle doit travailler ! Il ou elle risquerait de t'en vouloir en cas de mauvaise note… Et ça ne serait pas totalement injustifié.

Ta moitié étudie ou travaille dans un autre domaine que le tien, peut-être même une discipline que tu ne connais pas du tout ? Alors on t'encourage à t'intéresser à ce qu'il

La distance n'est pas une fatalité et cela peut même être salvateur.

ou elle fait. Déjà, vous partagerez quelque chose de plus, et puis ça vous fournira des sujets de discussion hyper intéressants. Tu vas apprendre des choses que tu ne savais pas, découvrir un milieu que tu n'aurais peut-être pas connu autrement, etc. Au contraire, si tu ne fais pas du tout l'effort d'avoir un peu de curiosité pour ça, tu risques de créer une distance avec ton ou ta partenaire, et c'est dommage.

Un parcours scolaire ou professionnel, ce n'est pas une ligne droite. **SI TU AS DES DOUTES OU DES SOUCIS, NE LES CACHE PAS À TA MOITIÉ !** C'est l'une des personnes qui te connaissent le mieux et ça sera un allié de choix pour les conseils, les prises de décision… parfois difficiles. Notamment quand on doit décider de s'éloigner, au moins un temps. Peu importe les obstacles qui se présentent à vous, vous trouverez toujours un moyen de vous retrouver et de vous reconnecter. La distance n'est pas une fatalité et cela peut même être salvateur pour casser une routine. Se retrouver après quelque temps, c'est un plaisir de fou !

Quel que soit le chemin choisi, parlez-en ensemble. Ne mets jamais ton ou ta partenaire au pied du mur avec un changement de vie brutal – « Je pars un an en Nouvelle-Zélande pour mes études, ciao, à plus. » Communique ! Est-ce qu'on l'a assez répété ? C'est le plus important. Quand j'ai été prise à Bordeaux, Vincent a tout fait pour qu'on puisse rester ensemble, dans la même ville, parce qu'on s'était dit qu'on ne supporterait pas la distance sur le long terme. Voyez ce que vous vous sentez de faire, quel mode de vie vous convient… C'est personnel ! L'important c'est d'inclure l'autre dans la « big picture » de tes projets, de cette façon tu vas au bout de tes aspirations tout en laissant à l'autre une place pour que votre couple puisse continuer à évoluer. Quand chacun permet à l'autre de trouver sa voie et de s'y épanouir, il y a un vrai désir d'être avec quelqu'un qui respecte le besoin de développement professionnel, et donc personnel. Il ne faut donc limiter personne, sinon la distance crainte s'installera irrémédiablement. Le secret c'est donc simplement de communiquer ses ambitions, tout donner pour y arriver et encourager l'autre tout comme il doit nous encourager sur ce chemin !

ET LE PERMIS ?

Le code et le permis, pour certains, c'est une partie de plaisir, easy, en trois coups de cuillère à pot c'est réglé. Et pour d'autres... c'est plus compliqué. Si c'est ton cas ou celui de ta moitié, essayez de vous entraider : bûchez ensemble le code ou les questions techniques du permis, mettez-vous des objectifs – quand on aura le permis on pourra faire un road trip, on pourra aller à la montagne, etc.

Avantages d'avoir le permis tous les deux :

- Ne pas laisser un seul d'entre vous se taper tous les trajets
- Partir en week-end super facilement
- Ne plus dépendre de vos parents pour les déplacements
- Décider de prendre la voiture au dernier moment pour casser la routine

EN ROUTE !

LE SPORT ET LES LOISIRS

Les loisirs, c'est pour le plaisir, mais ça peut prendre beaucoup de place dans la vie. Pour certains c'est la musique, pour d'autres, c'est l'art... Pour nous, tu le sais peut-être, c'est le sport ! On a toujours eu des emplois du temps chargés en matière d'activité physique, surtout avant les réseaux. Vincent avait entraînement de volley deux ou trois fois par semaine et Manon faisait douze heures de gymnastique rythmique par semaine, en plus de ses études ! Comme tu peux le constater, ça représente une grosse partie de notre vie.

Tu peux t'aider d'un planning stable et clair.

ALORS COMMENT LIER SON PLANNING DE COMPÉTITION AVEC SON PLANNING DU CŒUR ? Déjà, il faut comprendre que les deux ont leur importance : tu ne peux pas passer tout ton temps libre à la salle au point de ne plus partager de moments privilégiés avec ton copain ou ta copine. Mais tu ne peux pas non plus arrêter complètement de pratiquer une activité qui te passionne parce que tu ne te sens pas de faire des choses sans elle ou lui. Si ton ou ta partenaire te réclame de passer plus de temps avec elle ou lui, tu peux essayer d'évaluer si sa demande est justifiée ou si c'est une requête un peu capricieuse que tu ne peux pas accepter.

Pour jongler avec les loisirs, les études et le couple, tu peux t'aider d'un planning stable et clair. Par exemple, tu établis que le lundi de 18 à 20 heures, tu es injoignable parce que tu fais de la muscu. Si les activités planifiées à l'avance, ce n'est pas trop ton délire, et que tu es plus dans la spontanéité, tu peux essayer en contrepartie de trouver plus de temps pour ta moitié sans empiéter sur ton loisir : moins scroller sur TikTok, partager le repas du midi avec elle, faire le trajet du matin ensemble... Montre-lui concrètement que malgré un planning chargé, tu lui trouveras toujours une place pour partager des moments à deux, qui sont essentiels pour un couple.

IL NE FAUT PAS ABANDONNER LES CHOSES QU'ON AIME POUR LA PERSONNE QU'ON AIME.

Pour parler du sport plus particulièrement, il est possible que la pratique intensive d'une activité physique empêche l'un d'entre vous de faire les mêmes choses que l'autre. Par exemple, peut-être que ton ou ta partenaire va devoir se contraindre à un régime alimentaire strict, ou que tu vas devoir enchaîner les entraînements en vue d'une compétition. Quand ça arrive, essayez de ne pas faire culpabiliser l'autre, dans un sens comme dans l'autre. Si ton ou ta partenaire modifie son mode de vie pour le sport, ne le lui reproche pas ! Et si c'est toi qui as une routine plus stricte, n'essaie pas de l'obliger à te suivre. **VOUS NE VOUS ÊTES PAS MIS EN COUPLE POUR CHANGER L'AUTRE MAIS PARCE QUE L'AUTRE VOUS PLAISAIT TEL QU'IL EST.** Il ne faut pas espérer une transformation radicale uniquement parce que ça arrange l'autre. Le rythme à trouver doit se chercher dans le juste milieu.

Dans le meilleur des cas, si ça plaît aussi à ta moitié, tu peux concilier ton sport favori et ta vie amoureuse en partageant des séances d'entraînement avec elle. Pas forcément à chaque fois, mais de temps en temps ça peut être chouette, et l'occasion de passer du temps de qualité ensemble. Si, comme Manon, tu fais du sport à haut niveau et que tu as souvent des compétitions, tu peux aussi juste l'inviter à l'une d'entre elles. C'est sympa d'avoir un supporter spécial dans la salle ! Pour nous, ça a même été l'occasion de présenter Vincent à la famille, tout est possible !

Une chose à garder en tête, c'est qu'il ne faut pas abandonner les choses qu'on aime pour la personne qu'on aime. Car c'est le plus sûr moyen de se rendre malheureux. Conserver cet espace de lâcher-prise qui t'appartient, c'est essentiel.

SELF LOVE ET SELF CARE

On a parlé de comment aimer l'autre, de l'importance de le respecter… Il nous reste quelques conseils à donner sur l'amour… de soi. Au début, on te l'a dit : avant de se lancer dans une relation, il faut avoir confiance en soi. Mais une fois qu'on est bien installé dans son couple, on oublie parfois qu'il faut aussi cultiver le self love ou le self care.

> Pour apprécier la compagnie de l'autre, il faut parfois s'en éloigner un peu.

LE COUPLE, ÇA NE DOIT PAS ÊTRE UNE BULLE ISOLÉE DU RESTE DU MONDE dans laquelle on s'enferme. L'amour fusionnel c'est beau dans les romans, mais dans la vie ça devient vite toxique. On a un peu fait cette erreur au début, quand on était au lycée. Moi, Manon, je me rappelle que je ne voyais carrément plus mes copines ! Uniquement Vincent. Et je me sens beaucoup mieux maintenant que j'ai réussi à prévoir du temps pour mes amis, et puis pour moi toute seule !

S'accorder du temps perso, pour vivre des choses sans l'autre, c'est se donner de l'espace pour respirer, grandir pour soi, s'apprécier et alimenter aussi vos futures conversations ! Qu'est-ce que vous allez vous dire si vous vivez absolument 100 % de vos expériences ensemble ? Maintenant que ton couple est stable, que vous savez gérer le quotidien, la routine et les disputes, tu vas te rendre compte que pour apprécier la compagnie de l'autre, il faut parfois s'en éloigner un peu. Et être seule, ce n'est pas aussi simple qu'il n'y paraît, quand on a l'habitude d'être à deux.

Nous par exemple, quand il faut aller aux events auxquels on est invités, on a encore du mal à le faire séparément, parce qu'on est habitués à le faire ensemble (et que c'est plus sympa de faire cette activité à deux). Mais de temps en temps, ça peut carrément faire peur, d'être seul ! Parfois, on ne peut même pas l'envisager : qu'est-ce qu'on va bien pouvoir faire sans l'autre à ses côtés ? Est-ce qu'on sait toujours comment se présenter aux autres ? On te le garantit : c'est un challenge qui ne peut que te faire du bien !

PETIT MANUEL DU SELF CARE

Après une longue journée à la fac...

- Faire un détour par un petit salon de thé et prendre un goûter avant de rentrer à la maison
- Prendre un bain/une longue douche relaxante (sans que ça devienne systématique)
- Avancer sur ton puzzle/ton dessin au son de ta playlist doudou

Avant de partir au travail...

- Prendre son thé ou son café du matin à emporter et le savourer sur le chemin du boulot/fac
- Faire 10 minutes de méditation dans un endroit calme
- Se lever plus tôt et faire un footing

Un jour où l'autre te saoule un peu...

- Retourner chez ses parents le temps d'un week-end
- Se faire un bon gros menu de fast-food en solo
- Dépasser son record au 100 mètres crawlé

Un jour où tu te sens down...

- Assister à ton premier cours de poterie
- Faire une séance de shopping (avec maîtrise du budget)
- Te faire chouchouter chez le coiffeur

Après un semestre de l'enfer

- T'offrir une semaine de vacances en tête à tête avec toi-même
- Faire le tour de tous les amis que tu n'as pas pu voir cette année
- Prendre 3 jours loin de ta moitié pour binge watcher ta série préférée

CONTINUE À PASSER DU TEMPS AVEC TOI-MÊME POUR MIEUX TE COMPRENDRE.

Prendre du temps pour soi, c'est aussi prendre soin de sa santé mentale ! Parfois, pris dans le tourbillon du couple, on ne se rend pas compte qu'on ne va pas bien. On s'embrouille tout le temps, sans aucune raison apparente et en fait... c'est juste qu'on se sent mal. Alors c'est le moment de faire une pause, de se faire plaisir. **POUR RETROUVER LA SÉRÉNITÉ DANS SON COUPLE, IL FAUT SE RETROUVER SOI-MÊME.**

Tu peux avoir tendance à toujours te reposer sur l'autre quand tu ne te sens pas au top, quand tu es triste, en colère, frustrée : en même temps c'est normal, c'est la personne qui partage ta vie. Mais il faut apprendre ou réapprendre à gérer tes sentiments seule pour ne pas dépendre émotionnellement d'elle ou de lui.

Ces moments de solitude, ou plus simplement ces moments sans l'autre, ils vont te permettre d'avoir quelque chose qui n'appartient qu'à toi, qui soit positif sans dépendre de l'autre. Ça peut être ne rien faire du tout (pour la team détente) ou alors dessiner, chanter, faire du sport, pratiquer un instrument... Bref, t'investir dans une passion où tu t'éclates. En plus, tes accomplissements personnels te donneront une fierté et une confiance en toi qui te seront super bénéfiques !

En même temps que tu construis ton couple, tu dois aussi continuer à te construire en tant qu'individu. Ta vie change, tu évolues – et pas forcément au même rythme que l'autre –, il est important que tu poursuives la découverte de toi-même, que tu fasses de toi ton meilleur allié. Entre le début de ta relation et maintenant, tu n'es peut-être plus tout à fait la même personne. Continue à passer du temps avec toi-même pour mieux te comprendre. On est toujours son propre point de départ, prendre du temps pour soi et apprendre à s'aimer, à comprendre ce qu'on aime seul sans l'influence de quelqu'un, c'est vital pour être capable d'interagir avec les autres et avec son ou sa partenaire, car on sait alors ce qui va ou ne va pas, ce qu'on veut ou ce qu'on ne veut pas et on peut le verbaliser. Et donc le communiquer et avancer.

CERCLES D'AMIS

Dans la vie, il n'y a pas que la famille, la belle-famille et ta moitié. Il y a les amis aussi ! Ceux qui sont là depuis le début, ceux qui vous ont découverts ensemble, ceux qui sont à la vie à la mort et ceux qu'on ne voit qu'une fois tous les six mois.

Peut-être que vous n'avez presque que des copains en commun ! Ça paraît être le plus simple au premier abord : ils te connaissent déjà, pas besoin de s'habituer à eux ou qu'ils se fassent à toi. Mais en fait, c'est quand même bien d'avoir des amis rien qu'à soi. Nous, on a les deux : des groupes d'amis qui nous sont propres, et des copains en commun. On aime bien les voir chacun dans notre coin, mais aussi ensemble. Il n'y a pas de règle !

Enfin, c'est quand même important de souligner que voir ses amis sans son mec ou sa meuf, c'est essentiel. Parfois, on a besoin de respirer, de parler de sa relation aux autres, de leur raconter les petites disputes, de râler… pour se rendre compte la plupart du temps qu'en réalité, tout va bien. Il faut avoir des amis en qui on a suffisamment confiance pour se livrer sincèrement. Quand on est dans une relation toxique, on peut avoir peur d'avouer certaines choses à ses copains. Alors que justement, c'est quand tu en parles aux autres que tu te rends compte que quelque chose ne va pas, que ton ou ta partenaire a un comportement anormal. Et même si tu ne le vois pas, tes amis proches le comprendront sûrement avant toi et seront là pour t'aider à t'en sortir.

Mais en fait, c'est quand même bien d'avoir des amis rien qu'à soi.

Ne vous laissez pas enfermer dans votre relation, même si c'est normal d'avoir envie d'être tout le temps avec l'autre. On te l'a dit, c'est un peu ce qui nous est arrivé au début, mais on a réussi à prendre du recul et à se décentrer. Ce n'est pas grave en soi, surtout si ça vous arrive quand la relation est encore toute neuve et qu'on veut être collé à l'autre en permanence, mais sur le long terme ça ne peut pas être bénéfique, ni pour toi, ni pour vous. **CONTINUEZ DE VOIR VOS AMIS !** Et si tu n'es pas quelqu'un de très sociable, peut-être que tu préfèreras rester seule, mais… même si tu es d'un naturel jaloux, il va falloir accepter que ta moitié sorte sans toi avec ses potes. C'est important pour l'équilibre de votre couple et ça vous donnera plein de choses à vous raconter : comment était la soirée, comment vont untel et unetelle, où en sont les histoires de couple de x ou y, etc.

À FAIRE AVEC TES AMIS

- Passer une aprèm autour d'un café à se faire des confidences
- S'inscrire tous ensemble à un cours de yoga
- Se faire un combo match de foot/pizza
- Préparer un tour de l'Europe en stop
- Aller au ciné et dévaliser le stand de pop-corn

À FAIRE AVEC VOS AMIS

- Louer un gîte le temps d'un week-end dans les Landes
- Faire une grosse soirée pour le Nouvel An
- Organiser un repas chez l'un d'entre vous
- Faire un tournoi de pétanque amical l'été
- Aider un pote à déménager

IL SE PEUT QUE TON OU TA PARTENAIRE NE PLAISE PAS À TES COPAINS.

Il se peut que ton ou ta partenaire ne plaise pas à tes copains. Pas de problème, c'est toi qui sors avec elle ou lui, pas eux ! Du moment qu'ils ne lui manquent pas de respect, ce n'est pas grave – même si ça peut te rendre triste. Dis-leur que cette personne te rend heureuse. Normalement, **SI CE SONT DE BONS AMIS, TON BONHEUR DEVRAIT LES CONVAINCRE !** Ne fais quand même pas la sourde oreille s'ils ont des reproches plus graves à faire à ton mec ou ta meuf. Ce sont peut-être des points valides qu'ils soulèvent !

Quand tu rencontres les amis de ta moitié pour la première fois, c'est un peu intimidant – presque autant que le moment où il ou elle t'a présenté ses parents. Comme pour ta rencontre avec la belle-famille, reste naturelle, n'en fais pas trop. Ils vont sûrement te tester au début : en sortant avec leur pote, tu pourrais bien entrer dans leur cercle d'amis, c'est aussi important pour eux ! Et ils seront attentifs à ton comportement avec ton ou ta partenaire – est-ce que tu lui parles avec respect, est-ce que tu es jalouse, etc. Et, comme pour les beaux-parents, n'oblige pas ton mec ou ta meuf à choisir entre eux et toi, c'est la pire chose que tu puisses lui faire et ça risque de se retourner contre toi. L'idéal que c'est que tout le monde s'entende, mais si ce n'est pas le cas, ce n'est pas une affaire d'État. C'est peut-être décevant que ça ne se passe pas aussi bien que prévu, voire être un peu vexant de vivre ce rejet (si c'est son groupe d'amis qui ne t'apprécie pas), mais après tout, tu aimes UNE personne du groupe, les autres sont du bonus. De toute façon, tu as ta bande à toi, à ne pas négliger, alors tout va bien. Le principal, c'est qu'il y ait du respect dans les deux sens.

VERS L'INFINI ET AU-DELÀ

Le quotidien ? Vous gérez. Les sujets importants ? Vous maîtrisez. Maintenant, vous allez naturellement vous intéresser au futur. Se projeter, imaginer des projets à deux, c'est excitant, c'est motivant et ça permet de voir plus loin que le bout de son nez. On en a besoin dans sa vie personnelle, dans les études ou le loisir, mais c'est tout aussi important pour le couple. Attention, on ne te parle pas de te projeter sur quinze ans, de dessiner ta robe de mariée et d'imaginer le prénom de vos enfants (quoique, tu fais ce que tu veux), mais plutôt de voir, sur le moyen terme, comment vous envisagez votre vie commune. Cela dit, il est quand même important de se mettre assez vite d'accord sur vos visions de la vie à long terme également, du couple et du futur. **EST-CE QUE VOUS AVEZ LA MÊME IDÉE SUR LA DIRECTION À PRENDRE** ? Ce n'est pas forcément quelque chose à aborder au bout de deux semaines, au risque de paraître un peu trop pressée, mais si tu sens que ta relation devient vraiment sérieuse, les « grandes » questions prendront de plus en plus de place dans votre vie. Pas de panique, ça viendra sûrement naturellement, au fil du temps.

Pense juste à ne pas laisser ces sujets dans un coin, à ne pas les éviter systématiquement. Si tu le fais, c'est peut-être que tu sens que vous ne serez pas d'accord ? Peut-être que c'est juste une peur irrationnelle de perdre l'autre ? Mieux vaut clarifier la situation pour t'éviter de vivre dans l'angoisse permanente que tout s'arrête du jour au lendemain, ne jamais réussir à te projeter plus de quelques jours à l'avance et du coup mal vivre ta relation. Être en couple, ça doit apporter du positif, ce n'est pas pour être en souffrance H24. Apprivoise cette peur et ces questions sensibles en « testant » concrètement ton couple comme dans l'encadré.

SE PROJETER SANS FAIRE DES PLANS SUR LA COMÈTE

- **Prévoir un week-end en amoureux, sans les copains, dans un mois**
- **Proposer à l'autre de fêter un anniversaire en famille dans trois mois**
- **Réserver des vacances à la mer pour dans six mois**
- **Craquer sur le site de la SPA à la vue du chat qu'on pourrait adopter dans un an**
- **Regarder ensemble la fac où on aimerait étudier dans deux ans**
- **Imaginer l'endroit où on pourrait vivre ensemble, plus tard, dans quelques années**

C'EST IMPORTANT DE LAISSER CETTE PLACE À L'IMPROVISATION ET À LA SPONTANÉITÉ.

Il ne faut pas se mettre non plus une pression de dingue en se disant « c'est sûr, on sera toute la vie ensemble ». On peut y aller doucement, parler du futur quand la question se pose, et laisser les choses arriver quand elles arrivent. Tout n'est pas forcément une case à cocher dans le planning de ta vie. Il y a sans doute des choses auxquelles tu n'avais pas pensé et qui te surprendront dans le bon sens ! C'est important de laisser cette place à l'improvisation et à la spontanéité. Parce que les plans, c'est aussi fait pour rêver, pas toujours pour être suivi à la lettre.

À propos de ça, on se rappelle le moment où on a décidé d'emménager ensemble officiellement – oui, parce qu'officieusement ça faisait déjà pas mal de temps qu'on squattait l'un chez l'autre. On avait été pris tous les deux dans nos formations à Bordeaux, et c'est à ce moment-là qu'on s'est rendu compte qu'on allait enfin avoir notre premier appartement à tous les deux, car la question « On vit ensemble ? » ne se posait même pas ! C'était évident :) Une bonne surprise qu'on espérait mais qu'on n'avait pas du tout planifiée et à laquelle on n'avait pas concrètement réfléchi.

SOUVENT, LA VIE EST PLEINE DE REBONDISSEMENTS. LAISSE-TOI SURPRENDRE !

> *Quand ton ou ta partenaire décide de partir en Erasmus en Finlande*

DO Se réjouir pour elle ou lui : c'est son rêve depuis toujours !

DON'T T'inscrire au même endroit alors que tu n'as pas du tout envie d'aller vivre en Europe du Nord

> *Quand ta moitié réussit l'examen du permis*

DO Le ou la féliciter, et l'emmener au restau pour fêter ça !

DON'T Annoncer qu'à partir de maintenant tu ne conduiras plus

> *Quand tu as une compétition de gym prévue dans un mois*

DO Te donner à fond en promettant à ta moitié que tu passeras du temps avec elle ou lui après

DON'T Louper tous tes entraînements pour pouvoir passer ton temps pendu au bras de ton copain ou ta copine

> *Quand ta moitié t'annonce qu'elle a besoin de temps pour elle*

DO Respecter sa demande et en profiter pour passer du temps seule

DON'T Te vexer et la harceler de messages jusqu'à ce qu'elle te réponde.

> *Quand tes amis te disent que ton ou ta partenaire les saoule*

DO Réduire discrètement le nombre de fois où ils se voient

DON'T Lui répéter immédiatement en disant « Tu vois que t'es chiant.e ! »

> *Quand ta moitié te demande si tu voudrais avoir des enfants alors que tu n'y penses pas du tout*

DO Lui dire que ce n'est pas le moment pour toi de te projeter dans cette vie-là, et que tu lui en reparleras quand tu seras prête

DON'T Paniquer, lui dire qu'il ou elle est dingue de penser à ce genre de choses

Courrier du ❤

Mon copain me rabaisse souvent, mais après il s'excuse… Est-ce qu'il est sincère ?

Il est sûrement sincère quand il te présente des excuses… mais est-ce que c'est ça qui compte ? Bien sûr, s'il était en plus hypocrite ça serait pire ; cependant, même s'il regrette ses paroles après t'avoir rabaissée, ça ne l'empêche visiblement pas de continuer. Parles-en autour de toi, à tes amis, à tes parents si tu peux, et protège-toi. Le harcèlement moral et les insultes font partie des violences mentales et conjugales, et on a tendance à les minimiser parce que ce ne sont pas des atteintes physiques visibles. Pourtant, ça fait autant de mal sur le long terme car ton estime personnelle sera difficile à reconstruire. Préserve-toi au plus vite ! On te conseille de te rapprocher de gens en qui tu as confiance et, peut-être et même si c'est dur à entendre, de t'éloigner de ton copain. Courage !

Est-ce que faire un break pour mieux se retrouver ça fonctionne ?

Faire un break, ça peut apporter un recul qu'on ne réussit pas à avoir sur son couple et sur sa vie, ça peut permettre de se recentrer, de se redécouvrir… et de se retrouver ensuite avec son ou sa partenaire. Mais ça peut aussi être une « pré-rupture », une façon de voir si on peut finalement vivre sans l'autre et si l'impression qu'on a de ne plus se convenir est réelle. Si vous sentez que vous en avez besoin, faites-le ! Établissez des règles claires pour ne pas être déçus ou trahis, et préparez-vous à vivre un moment particulier, peut-être difficile, mais salutaire !

Comment faire pour montrer son amour ?

Il y a plein de façons de montrer son amour : tu peux faire des câlins, partager un moment privilégié, faire un petit cadeau, exprimer tes sentiments… Le tout, c'est d'en choisir une avec laquelle tu te sens à l'aise – par exemple, pas de câlins si tu n'es pas très « contact physique » – et qui fera plaisir à ton ou ta chéri.e.
Pas besoin de faire de grandes déclarations toutes les cinq minutes, à moins que tu te sentes poétesse dans l'âme, ne te force pas, mais sache que toutes les petites attentions sont un plus. On t'en donne quelques-unes : faire à manger pour l'autre, laisser un petit mot avant de partir à la fac, envoyer un message mignon, dire « je t'aime », organiser un mini road trip surprise, rapporter un ballotin de chocolats rien que pour elle ou lui… Attention, même si tu ne dois rien attendre en échange, si tu sens que tu ne reçois pas autant que tu donnes, de quelque manière que ce soit, il y a sans doute un rééquilibrage à faire. Ne te brûle pas les ailes non plus.

Comment faire pour que son ou sa partenaire fasse des bons choix ?

Des bons choix… pour qui ? Est-ce que tu parles des « bons choix » qui représentent des choses qui te plaisent, que tu penses être bénéfiques pour elle ou lui ? Si ton ou ta partenaire prend une décision, c'est sûrement qu'il ou elle a réfléchi au sujet. Peut-être que tu as besoin qu'il ou elle te fasse participer au processus de réflexion. Demande-lui de t'expliquer son choix si tu ne le comprends pas. Tu as tout à fait le droit de lui exposer ton point de vue et de lui proposer des conseils. Mais au final c'est à elle ou lui que revient le dernier mot : sa vie, son choix !

Comment on fait pour grandir ensemble et ne pas s'éloigner ?

Pour rester proche de son ou sa partenaire, il faut continuer à partager ensemble des moments intimes, des activités, des amitiés… Et ça, ça ne tient qu'à vous deux ! Parfois, entraînés par la routine et les années qui passent, on ne pense plus à faire participer son copain ou sa copine à sa vie, ou à prendre sa place dans la sienne.
Vous allez grandir ensemble naturellement, au rythme des événements bons ou mauvais qui vont vous arriver, des changements normaux de la vie (déménagements, nouvelles études, nouveau travail). C'est un privilège de partager ces instants ensemble : c'est votre histoire qui s'écrit. L'essentiel est de toujours conserver sa curiosité pour l'autre et son soutien dans ce qu'il ou elle entreprend, de ne jamais tenir pour acquis ce lien unique et de ne jamais oublier de vous chérir mutuellement.

Mon travail est super prenant, comment je peux faire pour consacrer plus de temps à mon copain ?

La vie professionnelle c'est très important, mais la vie amoureuse et personnelle l'est tout autant. Quand les moments à deux ne se créent pas naturellement – dans ton cas, à cause de ton emploi du temps –, il faut savoir être créatif.
Le midi, essaye de manger avec lui ou elle (pique-nique, resto, fast-food…). Le soir, au lieu d'aller directement au lit ou devant Netflix, promenez-vous main dans la main ou préparez le repas ensemble. Si tu le peux, garde un moment privilégié consacré entièrement à vous deux pendant le week-end, et envoie-lui souvent des messages. Un truc que tu peux faire aussi, c'est synchroniser vos agendas sur vos téléphones, pour savoir quand vous allez pouvoir vous retrouver, ça peut être sympa ! En tout cas, même si ce sont des instants courts et que ça peut devenir frustrant, profitez l'un de l'autre dès que vous le pouvez ! Lui signifier que tu penses à lui ou elle et que tu fais de ton mieux pour lui consacrer du temps même avec un planning chargé sera pleinement apprécié.

Comment s'entraider quand on ne va pas bien tous les deux ?

Aïe aïe, super dur comme situation ! Le danger, dans ce genre de moments, c'est de se renfermer sur son couple, de penser qu'on est la seule personne qui comprend l'autre et de se tirer mutuellement vers le bas. Mais vous n'êtes pas seuls ! Tournez-vous vers vos proches, ou vers des professionnels. Il y a l'infirmière scolaire qui peut t'aiguiller, des psys gratuits à la fac et des séances remboursées. C'est déjà bien de reconnaître que vous êtes dans une situation compliquée. Aucun des deux ne peut être le soutien émotionnel de l'autre dans ces moments-là : quand on va bien soi-même c'est déjà délicat, mais quand on va mal, c'est encore pire ! Des amis ou de la famille seront plus à même de vous épauler et de vous aider car ils auront un regard extérieur sur votre état. Ne culpabilise pas de ne pas pouvoir être là pour l'autre, lui indiquer quelqu'un de plus stable pour l'aider est la meilleure chose que tu pourras faire. Pense à toi, quand tu iras mieux, tu seras plus à même de l'aider à ton tour.

À TOI D'ÉCRIRE !

- Mes sports pratiqués depuis l'enfance

- Mes études

- Mes rêves

Mes ambitions

Mes objectifs

CONCLUSION

Et voilà ! Tu es à la fin de notre livre et on espère qu'il t'a plu, que tu as pu t'identifier et que nos conseils t'auront aidé.e pour ta propre histoire. On y a mis tout notre cœur et nos meilleures astuces, on s'est basés sur notre histoire d'amour et ce qu'on voit autour de nous pour t'apporter un maximum de conseils.

On a essayé de te parler de tout sans tabous, du tout début de la relation jusqu'au moment où on commence à envisager un futur plus sérieux avec son ou sa partenaire. Notre but ? Que toi aussi tu puisses vivre une relation saine et solide.

Les gens ont parfois l'impression qu'on est un couple modèle, mais c'est loin d'être le cas ! On apprend tous les jours à mieux aimer l'autre. Et n'oublie pas : chaque couple est différent, chaque personne est unique, alors ne force pas quand une astuce ne fonctionne pas alors qu'elle marche très bien sur quelqu'un d'autre. Ce qui est le plus important, on l'a assez répété, c'est le respect de l'autre et la communication.

Profite à fond
de ta relation !

GROS ♥
SUR TOI
MON LOULOU

REMERCIEMENTS

Cela fait maintenant plusieurs années que nous sommes arrivés sur les réseaux et que nous y avons créé une deuxième famille. Il y a eu des bons comme des mauvais moments, mais à chaque fois, tu as été là pour nous ! Sache que sans ton soutien quotidien, nous n'aurions pas eu la chance de vivre cette vie-là. On ne te remerciera peut-être jamais assez, mais sache qu'on te remercie du fond du cœur pour les projets que tu nous permets d'accomplir.

On ne s'arrêtera pas à ce livre, loin de là, on a encore plein de projets en tête et on espère que tu seras là pour les prochains.

Manon & Vincent

Retrouve-nous sur Instagram et TikTok :
@manon__pasquier
@vincentnadal

Toutes les photos sont des archives personnelles des auteurs sauf pour les pages suivantes : © Sophie Palmier/Rea : pages 17, 26, 119, 132.

Illustrations : © Shutterstock

Ouvrage dirigé par Candice Roger
Correctrice : Julie Montenot
Conception graphique et mise en page :
Claire Mieyeville – Mokmok.agency

Avec la collaboration de Julien Dupuis

34-36, rue La Pérouse, 75116 Paris.
www.hugopublishing.fr

ISBN : 9782755699722
Dépôt légal : octobre 2022
Imprimé par FINIDR